Anna Albinus

REVOLVER CHRISTI

Anna Albinus

REVOLVER CHRISTI

Novelle

edition.fotoTAPETA

Ob er geschossen hat, wird man nicht mehr endgültig feststellen können. Die letzte Untersuchung der Waffe liegt zehn Jahre zurück und auch, wenn die Methoden sich seitdem verbessert haben, ist wenig mehr Erkenntnis über den Vorfall zu erwarten, weswegen man aus konservatorischen Gründen eine neuerliche Analyse ausgeschlossen hat. Das hindert aber die Leute nicht daran zu kommen. Die Wallfahrt zum Revolver Christi hat zehn Jahre nach der letzten öffentlichen Schau schon in den ersten drei Wochen alle Besucherrekorde gebrochen. Mehr als hunderttausend Pilger sind bereits zum Schrein in der Kathedrale gezogen, die Hotels der Stadt sind auf Wochen ausgebucht. Für die Inszenierung im Dom hat man einen der bekanntesten zeitgenössischen Lichtkünstler gewinnen können. In der

Ausstellungsvitrine, einer Spezialanfertigung aus bruchsicherem, entspiegeltem Glas, die an Stahldrähten befestigt exakt auf Höhe des Tabernakels unter der Vierung hängt, liegt der Revolver auf einer durchsichtigen Platte, den Lauf der Waffe in die Achse des Mittelgangs gerichtet, sodass ein durchschnittlich großer Besucher die Reliquie von allen Seiten betrachten kann. Um den geordneten Besucherstrom zu gewährleisten, werden Zeitkarten vergeben, Ordner kontrollieren Einlass und Einhaltung der Besuchsvorschriften, besonders ein strenges Fotografier- und Filmverbot. Insgesamt soll der Revolver drei Monate zu sehen sein, länger als je zuvor.

Am 17. Juli 1908 hatte der Domküster morgens gegen 2.15 Uhr die Leiche des Elektrikerlehrlings Peter Zochen auf den Stufen des Chorraums gefunden, getötet mit einem Kopfschuss aus dem Revolver Christi. Der Siebzehnjährige war durch den westlichen Seiteneingang in die Kathedrale eingebrochen, die unbewachte Reliquie hatte jemand aus dem Ausstellungskasten herausgenommen, der damals noch aus einer Holzkonstruktion mit Glasscheiben bestand, ähnlich einer übergroßen Laterne, deren Boden mit blauem Samt ausgekleidet war. Eine Kugel steckte in

Zochens Kopf, die Waffe aber war ohne Munition wieder auf der Samtunterlage drapiert worden, wenngleich der Kasten sich wegen des aufgebrochenen Schlosses nicht mehr richtig verschließen ließ und das Glastürchen demnach offenstand. In der linken Hand des Toten lag ein zusammengerollter Zettel, darauf stand in seiner Handschrift zu lesen: *Verwundet von der Liebe Christi.* Als man die Leiche untersuchte, stellte man über dem Sonnengeflecht des Toten eine oberflächliche, kreisrunde Wunde fest, rot gefärbt wie ein Stigma. Befragungen der Angehörigen, Freunde und Bekannten des Toten ergaben, dass dieser nie besonders religiös gewesen sei, ja kaum überhaupt eine Kirche besucht habe und zu niemandem etwas über die Wallfahrt oder den Revolver gesagt habe. Die sechzehnjährige Stefanie Höfgen, genannt Fanny, von Beruf Hausmädchen, gab zu, mit dem Toten ein etwa einjährig andauerndes Liebesverhältnis unterhalten, dieses aber im Frühling des gleichen Jahres beendet zu haben, nachdem sie auf dem städtischen Ostermarkt einen anderen kennengelernt habe, der ihr besser gefiel. Der Tote, sagte sie, habe ihre Entscheidung, ohne Versuche sie zurückzuerobern, hingenommen, was sie beinahe gekränkt, in ihrem Entschluss aber nur fester habe werden lassen und sie habe den Peter seither kaum gesehen, nur ein-, zweimal per Zufall beim Baden im Seeschwimmbad, aber gesprochen hätten sie nicht. Der Küster, der durch das Geräusch des im Gewölbe mächtig widerhallenden Schusses wach geworden und wenige Minuten später in die Kirche geeilt war, sagte aus, den Raum in vollkommener Stille vorgefunden zu haben, dunkel zudem, sodass er beim Eintreten nur im Glimmen des Ewigen Lichts den Leichnam auf den Stufen habe erahnen können, sogleich aber in der Sakristei die Beleuchtung eingeschaltet habe, um sich ein Bild von der Lage zu machen. Als er sich neben den Körper kniete, um festzustellen, ob der Junge noch atme, habe er plötzlich das Gefühl gehabt, hinter ihm, im linken Seitenschiff, sitze jemand, er habe sich umgedreht, aber niemanden gesehen. An der Waffe fand man die Fingerabdrücke des Toten. Die Ausstellung wurde aufgrund des Vorfalls eine Woche geschlossen, zog im Anschluss aber umso mehr Besucher an, da der Fall landesweit für Aufsehen gesorgt hatte. Durchgehende Bewachung der Reliquie war seither Pflicht bei der alle zehn Jahre wiederkehrenden Schau, der Tod des Elektrikerlehrlings konnte aber nie aufgeklärt werden, wenngleich man sich im Allgemeinen auf Selbstmord aus Liebeskummer einigte. 2008, zum einhundertsten Todestag des Jungen, hatte man eine neuerliche Untersuchung der Waffe durchgeführt und in einer begleitenden Sonderausstellung ausführlich über den Fall und sein beträchtliches Medienecho informiert. In diesem Jahr fand die Geschichte in der Begleitbroschüre, die am Eingang der Kathedrale in mehreren Sprachen für die Besucher auflag, nicht einmal Erwähnung. Dafür war es gelungen, eine der drei erhaltenen Ikonen des Christus an der Waffe als Leihgabe zu erhalten. Eine Delegation aus Kirchenvertretern, Kunsthistorikern und Konservatoren war eigens in das unterägyptische Kloster Umma Maram gereist und hatte dort unter höchsten Sicherheitsvorkehrungen die achtzehn auf sechsundzwanzig Zentimeter große Ikone aus dem achten Jahrhundert entgegengenommen. Obwohl die Sekte der Bewaffneten Christi im Jahr 637 von einer gesamtkirchlichen Synode verboten wurde, hielt sich in der Region um Umma Maram noch bis ins neunte Jahrhundert eine Gruppe dieser Ausrichtung. Die Kämpfer, in einzelnen Fällen auch Kämpferinnen, verstanden sich als von der Liebe Gottes Geschlagene, die ihrerseits Wunden der Liebe zufügten. In der

Passion Christi habe Gott den Schmerz zur höchsten Form der Hingabe an sich erkoren, Christus habe in seinem öffentlichen Wirken zwar Gewalt abgelehnt, er habe sich aber den von ihm besonders Geliebten in Schmerz und Verwundung offenbart. Dem Lazarus und seinen Schwestern Maria und Martha sei er nach seiner Auferstehung in Bethanien erschienen, mit einem Schwert in der Hand, und habe gesagt: *Schlagt Wunden meiner Liebe!* Martha habe nach seinem Verschwinden aus den Händen geblutet, erst als sie nach einem Messer gegriffen habe, um ihren Geschwistern etwas zum Essen zuzubereiten, habe die Blutung gestoppt. Lazarus und Maria hatten wiederkehrende Träume, in denen der Christus an der Waffe den Weg nach Jerusalem herabging und sich mehrfach nach ihnen umdrehte, die sie im Abstand von etwa zehn Metern mit Rüstungen bekleidet hinter ihm hergingen. Noch zu Lebzeiten der Geschwister habe sich eine erste Schar Kämpfer gebildet, die freilich nur im Verborgenen agierte. Im vierten Jahrhundert schrieb der Mönch Hannas von Menas die Visionen einer Frau namens Damaris auf, die ihn aufsuchte, nachdem ihr der bewaffnete Christus mehrfach erschienen war und sie zum öffentlichen Kampf für seine Liebe aufgefordert hatte. Nach den Beschreibungen der Damaris entstanden die ersten Ikonen des Christus an der Waffe. Das Bild verbreitete sich im gesamten levantinischen Raum, wurde wohl aber nur unter Eingeweihten weitergegeben. Nach Verbot der Bewaffneten Christi wurden die meisten Ikonen aus Angst vor Verfolgung zerstört. Lediglich drei Exemplare, alle aus dem Umkreis von Umma Maram, sind heute noch bekannt, eine davon so stark beschädigt, dass von der typischen Halbfigur Christi nur Fragmente erhalten sind, besonders Kopf- und Brustpartie sind derart dezimiert, dass manche Experten anzweifeln, ob es sich tatsächlich um einen Christus an der Waffe oder eher um die Darstellung eines gewöhnlichen Kämpfers handelt. Das entliehene Exemplar kann aufgrund der speziellen Anforderungen an die Luftfeuchtigkeits- und Lichtverhältnisse nicht mit der Reliquie zusammen in der Kathedrale ausgestellt werden, sondern wird in der städtischen Gemäldegalerie gezeigt, wo Besucher der Schau gesonderten Eintritt erhalten, Shuttlebusse verkehren zwischen Kathedrale und Museum.

Am Donnerstag, den 5. Juli 2018, dem dreiundzwanzigsten Ausstellungstag, fiel um 12.07 Uhr in der Kathedrale ein Schuss. Die Ausstellungsvitrine zerbarst wie die gebrochene Scheibe eines Autos in tausende stumpfe Glaswürfel, die sich sekundenschnell über den Mittelgang und die Sitzbänke verteilten, das Geräusch der springenden Scherben geht im Überwachungsvideo in den Schreien der Besucher unter. Wie in einer hundertfach geprobten Choreographie springt der Schütze nach dem Abfeuern aus etwa anderthalb Körperlängen Entfernung zu dem getroffenen Objekt und fängt mit der linken Hand den herunterfallenden Revolver auf, die Tatwaffe noch mit dem Finger am Abzug in der anderen Hand haltend. Den Sprung mit den Knien abfedernd, landet der Schütze im Ausfallschritt unter der nun lose von der Decke hängenden und von der Erschütterung schwingenden Drahtseilkonstruktion, an der die Vitrine befestigt war, und führt in perfektem Gleichgewicht und vollkommen synchron beide Arme in einer einzigen Bewegung zum Körper. Stoppt man das Video an der Stelle, wo die Arme des Schützen auf Brusthöhe sich nach unten zu senken beginnen, sieht man, dass die beiden Waffen in Form und Größe identisch sind. Wenige Augenblicke später stürmen Sicherheitskräfte herbei und überwältigen den Schützen ohne sichtbaren Widerstand. Bei der festgenommenen Person handelt es sich den Ermittlungen nach um Johanna Wächter, Alter 32, von Beruf Anwaltsfachangestellte. Der Revolver Christi sowie die von Wächter benutzte Waffe wurden noch am gleichen Tag zur Untersuchung an das führende ballistische Institut mit Sitz in der Hauptstadt überbracht.

Die als Revolver Christi bekannte Waffe ist eine geschmiedete Handfeuerwaffe mit holzverkleidetem, intarsiertem Lauf. Der Legende nach erwarb sie ein pfälzischer Edelmann als Hochzeitsgeschenk für seinen Schwiegersohn, der aufgrund seiner ausgezeichneten Treffsicherheit bereits mehrfach in Schlachten aufgefallen und mit militärischen Ehrungen bedacht worden war, die ihm eine glänzende Karriere vorhersagten. Die erworbene Waffe stand im Ruf, seinem Besitzer besonderes Glück zu bringen und war zudem mit außergewöhnlicher Kunstfertigkeit gemacht. Kaum aber war die Hochzeit vorüber und die Waffe in das Haus der frisch Vermählten eingezogen, plagten den jungen Mann Anfälle, in denen er einem Epileptiker gleich, krampfend und aus dem Mund schäumend zu Boden fiel und nur kraft der Gewalt zweier Männer davor bewahrt werden konnte, sich zu verletzen. Alle Heilungsversuche schlugen fehl. In kurzer Zeit verlor der Bräutigam seine Stellung im Heer und das junge Paar lebte von den Zuwendungen des Schwiegervaters, der ihm die Waffe geschenkt hatte, zu der jedoch bisher niemand eine Verbindung mit der plötzlichen Erkrankung hergestellt hatte. Dann aber begegnete der Braut auf ihrem Weg in die Stadt, wo sie durch den Verkauf von Handarbeiten etwas zum Lebensunterhalt der Familie beitragen wollte, ein Fremder, der sie mit Namen ansprach und fragte: *Wessen Hand führt den Revolver?* Zu Beschreibungen genötigt, gab die Braut später an, der Mann habe ein wie zum Turban geschlungenes Tuch um den Kopf getragen, in dem sie eine Krankenbinde zu erkennen glaubte, außerdem sei sein Hemd an mehreren Stellen durchlöchert gewesen, als habe er sich durch eine dornige Hecke geschlagen. Merkwürdigerweise empfand sie vor dem Mann keinerlei Furcht, ja bot ihm von ihrem Proviant an und freute sich gar, als sie ihn zum zweiten und dritten Mal traf. Nur auf seine wiederholte Frage habe sie nichts zu erwidern gewusst, erst zuhause sei ihr nach der letzten Begegnung die Waffe ihres Bräutigams eingefallen und sie habe sie aus dem Schrank genommen und lange betrachtet. Auch am nächsten und übernächsten Tag habe sie die Waffe zur Hand genommen, bis er plötzlich vor ihr gestanden und sie gefragt habe, was sie da tue. Wie im Traum habe sie den Lauf auf ihn gerichtet und die Frage des Fremden wiederholt: *Wessen Hand führt den Revolver?* Der Bräutigam habe sich auf sie gestürzt und ihr die Waffe entrissen, woraufhin sie zu sich gekommen und unter Tränen beteuert habe, nicht zu wissen, was in sie gefahren sei, ihm aber von der Begegnung mit dem Fremden berichtet habe. Weil sie sich liebten, behielten sie den Vorfall für sich. Eine Woche später habe der Mann mit dem zerrissenen Hemd an ihre Tür geklopft und sich als Christus zu erkennen gegeben. Sie hätten ihm die Waffe ausgehändigt, mit der er verschwunden sei, von da an sei der Bräutigam geheilt gewesen. Das junge Paar aber war in Folge mehrfach zu lagernden Soldaten in der Umgebung vorgedrungen, bei Nacht zumeist, und hatte, sich als Kämpfer Christi ausgebend, um Aufnahme und Bewaffnung gebeten, bis ein aus dem Schlaf hochfahrender Soldat den Bräutigam vor Schreck erschoss, die Braut aber festsetzte und den Behörden der nahe gelegenen Stadt übergab, wo sie aufgrund ihrer Aussagen als geisteskrank eingestuft wurde.

Nach Monaten im Gefängnis, erreichte ihr verzweifelter Vater, der seinerzeit den Revolver Christi für seinen Schwiegersohn erworben hatte, ihre Freilassung und brachte sie in ein Kloster, wo Nonnen sie in strenger Klausur bewachten. Sie starb wenige Jahre nach dem Bräutigam, an gebrochenem Herzen, wie es hieß. Jahrzehnte später fand man in den Aufzeichnungen der Äbtissin jener Zeit den Hinweis, eine junge, in Obhut des Klosters befindliche Frau, die sich selbst eine Bewaffnete Christi nannte, sei mit einem kreisrunden Stigma über dem Sonnengeflecht tot in ihrer Zelle aufgefunden worden.

Seitens der Diözese hoffte man noch bis zum Freitagnachmittag, die Ausstellung könne für den am Wochenende besonders hoch eingeschätzten Besucherstrom wieder eröffnet werden, für die neuerliche Präsentation des Revolvers wurde in weniger als vierundzwanzig Stunden eine Ersatzvitrine bereitgestellt. Die Mitarbeiter des Ticketbüros beantworteten unermüdlich Anfragen zu bereits gekauften Eintrittskarten, auch in den Hotels standen die Telefone nicht mehr still. Der Anruf des ballistischen Instituts erreichte mich gegen 16 Uhr. Es könne kein Zweifel bestehen, bei den beiden Waffen handele es sich um Stücke gleicher Hand, Materialien und Bearbeitungstechnik seien dieselben, ein seltener Fall, der möglicherweise auf einen Sammler oder gleichen Auftraggeber schließen ließ. Ohne jemanden zu informieren, verließ ich die Dienststelle und fuhr in die Untersuchungshaftanstalt, um die am Vortag Festgenommene zu sprechen.

Johanna Wächter war schmächtiger, als es das Überwachungsvideo vermuten ließ. Sie wirkte weder sportlich noch kämpferisch, wie sie in etwas starrer Haltung auf einem Stuhl saß, die Hände neben sich auf die Sitzfläche gestützt. Sie hielt aber den Rücken sehr gerade, ein wenig nach vorn geneigt, und das Kinn leicht nach oben, wie auf mich gerichtet. Am meisten irritierte mich ihr Lächeln, ein zartes, nicht selbstgewisses Lächeln, das, wie ich sofort spürte, mir galt, nicht irgendeinem Fremden, der in der Sache ihrer Tat zu ihr gekommen war. Wie man mir mitgeteilt hatte, war sie zu einer Aussage bisher nicht bereit gewesen. Wir begrüßten uns, auch das, wie mir schien, wie Bekannte. „Die Ergebnisse der Waffenanalyse liegen vor“, sagte ich. Wieder lächelte sie. „Frau Wächter“, fuhr ich fort, „seit wann war Ihnen die Existenz einer zweiten Waffe bekannt?“ Es schien mir außer Zweifel, dass sie wusste, wovon sie in der Kathedrale Gebrauch gemacht hatte. Weil sie nichts sagte, fragte ich weiter: „Wie lange waren Sie im Besitz dieser Waffe?" Ich erhielt keine Antwort und verließ nach einigen Minuten die Anstalt, dann rief ich vom Auto aus den Kulturreferenten der Diözese, den Dompfarrer und den Direktor der Gemäldegalerie an. Wir vereinbarten Stillschweigen bis zum Montag, ordneten für die Bewachung der Ikone zusätzliche Maßnahmen an und schickten eine Pressemeldung heraus, die die vorläufige Schließung der Wallfahrt bei fortgesetzter Möglichkeit, die Ikone zu besichtigen, bekanntgab, zudem die Option, bereits erworbene Eintrittskarten gegen Erstattung des vollen Kaufpreises zurückzugeben. Meine Frau, die es gewohnt ist, keine Fragen zu laufenden Ermittlungen zu stellen, nahm meine Erschöpfung ohne Ärgernis zur Kenntnis und ging allein zu der geplanten Verabredung mit Freunden. Ich hingegen blieb mit unserer zwölfjährigen Tochter zuhause, die nach keiner Unterhaltung verlangte.

Am Samstag suchte ich Zochens Grab auf. Wie im Fall der jungen Braut, hatte seine Bestattung die Öffentlichkeit erregt, wegen des möglichen Selbstmordes war ein kirchliches Begräbnis umstritten, der Dompfarrer aber setzte ein solches durch, in Stille allerdings und anonym. Erst später machte man die Grabstelle auf dem bereits an den Stadtrand gewanderten Kirchhof ausfindig, der heute von Wohnvierteln umgeben an einer Bahnlinie liegt. Zu meinem Erstaunen fand ich das Grab sorgfältig gepflegt vor. Der Grabstein trägt einen Vers aus dem vierundsechzigsten Psalm: *Da trifft Gott sie mit seinem Pfeil, sie werden jählings verwundet.* Anschließend besuchte ich die von mir am Vortag Informierten und den Bischof selbst in seinem Amtszimmer zu einer Besprechung der Lage. Es gibt unter den Theologen wenige Spezialisten, an die man sich bezüglich des Revolvers oder der Bewaffneten Christi wenden kann. Ein emeritierter Experte für die Geschichte der Reliquie ist wegen fortschreitender Demenz nicht mehr ansprechbar, der leitende Archivar des Bistums wurde noch am Wochenende mit der Suche nach Hinweisen auf eine mögliche Doppelexistenz des Revolvers beauftragt. Der Bischof sah in dem Vorfall einen Angriff auf die Kirche selbst, deren Glaubwürdigkeit man mit derlei Aktionen zu demontieren suche, wenngleich er betonte, es müsse sich bei der Verdächtigen um eine verwirrte Person handeln und gottlob sei niemand verletzt worden, zu Schaden aber gekommen seien die

Pilger, deren Enttäuschung man kaum noch abwenden könne, die pastoralen Folgen seien unabsehbar. Der Kulturreferent fürchtete ernsthafte Verstimmungen mit Umma Maram, von wo die Ikone für eine umfassende Darstellung der Überlieferung des Christus an der Waffe zu bekommen, jahrelange Vorbereitung und intensive ökumenische Verständigung gekostet habe, zudem den Zorn und die Klage des Lichtkünstlers auf Schadensersatz, da die Unterbrechung oder gar Beendigung der Schau seine Installation inhaltlich aushöhlen und einen möglichen Imageverlust zur Folge haben könne. „Wie beurteilen Sie die Sache, Herr Kommissar?“, wandte sich der Dompfarrer, der den Ausführungen seiner Kollegen ohne ein eigenes Wort zugehört hatte, an mich. „Aus meiner Sicht“, sagte ich, „haben wir uns auf die Festgenommene zu konzentrieren, auf die Fragen, die sie mit ihrer Tat aufgeworfen hat. Wie kam sie zu der Waffe? Was wollte sie mit dem Schuss bezwecken? Bisher deutet nichts darauf hin, dass sie jemanden erschießen oder eine der Waffen gegen sich selbst richten wollte. Ich habe mir das Video mehrfach angesehen: Ihr Handeln erscheint planvoll, äußerst koordiniert. Wenn es aber ihr einziges Ziel war, die Existenz der zweiten

Waffe sichtbar zu machen, wozu dann dieses kriminelle Vorgehen? Sie hätte sich mit der Waffe an jede Polizeistelle wenden können." „Sie meinen also, wenn ich Sie richtig verstehe, Herr Kommissar, eine offenbarende Tat?" „In gewisser Weise, Herr Pfarrer", sagte ich, seine Gewohnheit aufnehmend, mich nicht mit Namen anzusprechen. „Sie hat sich bisher nicht geäußert?", wiederholte er fragend eine Tatsache, die jedem im Raum bekannt war, „dann", sagte er, „haben Sie Recht, Herr Kommissar, wir sollten über ihre Fragen nachdenken." Ich war sicher, dass er Wächters Fragen meinte, die sie vielleicht gestellt hatte, indem sie tat, was sie tat, und die ich ausgesprochen hatte, als wüsste ich, um was für Fragen es sich handelte. Der Dompfarrer bedankte sich, womit das Ende der Sitzung gekommen zu sein schien. Ich dachte noch, dass auch er für den Vers auf Zochens Grab verantwortlich sein könnte, als sei er der Wiedergänger seines Kollegen, der vor einhundertzehn Jahren am gleichen Ort gewirkt hatte.

Weil ich es für sinnvoll hielt, mich dort blicken zu lassen, ging ich am folgenden Nachmittag in die Gemäldegalerie, meine Frau und meine Tochter begleiteten mich. Außer einigen Sonntagsbesuchern waren wenige Leute da, die meisten Pilger waren wohl an der Ikone nicht interessiert, wenn sie den Revolver Christi nicht sehen konnten. Meine Frau, in Kunstdingen bewandert, ging sehr nah an das Bild heran, was mich mit einem mir fremden Gefühl des Unbehagens erfüllte. Ich legte den Arm um meine Tochter, damit sie nicht auch noch weiter herantrete und sie ließ es, wie nur noch selten, zu. Man hatte der Ikone einen eigenen Ausstellungsraum zugestanden, in dem sie an der Stirnseite gegenüber der Tür auf Augenhöhe an der Wand hing. Der Begleittext war seitlich des Eingangs angebracht, sodass nichts den Blick auf das Objekt störte. Trotz seines kompakten Formats wirkte das Bild in dem Raum nicht verloren, es hatte, im Gegenteil, auf den Betrachter eben die Wirkung, der meine Frau nachgab, nah heranzugehen. Bisher hatte ich nur Abbildungen der Ikone gesehen. Der frontal dargestellte Christus, den ein zerrissenes Gewand dürftig bekleidete, war von Dornenzweigen umwickelt, die über Brust und Schultern bis zum Gesicht reichten und an die Dornenkrone denken ließen, auch wenn er auf dem Kopf ein mehrfach geschlungenes Tuch trug. In der einen Hand hielt er die Waffe, flach über seinem Geschlecht nach unten gerichtet, die andere Hand lag auf Höhe des Bauchnabels vor dem Körper auf einem der Zweige, darüber, im Zentrum des Brustkorbs, lenkte ein dunkler Fleck den Blick auf sich. Die Beine waren vom Rand des Bildes abgeschnitten, sie hatten wohl nie zu dem Motiv gehört, wenngleich man sich unschwer sehnige Schenkel und Waden auf nackten Füßen vorstellen konnte. Mit Europa erstmals in Berührung gekommen war die Darstellung, als ein französischer Forschungsreisender Ende des achtzehnten Jahrhunderts auf Umma Maram gestoßen und eines der dortigen Exemplare als fremdländische Kuriosität beschrieben hatte. Es dauerte nochmals an die fünfzig Jahre, bis ein deutscher Universitätsprofessor auf das Phänomen der altkirchlichen Sekte und ihrer Ikone stieß und Parallelen zum Revolver Christi herstellte, woraufhin die Verehrung der Reliquie einen ungemeinen Schub erfuhr, der in der Folge zur Einrichtung der Wallfahrt führte.

Am Abend ging ich noch einmal zu Wächter. Es hatte sich in ihrem Ausdruck nichts verändert. „Sind wir uns schon einmal begegnet?“, fragte ich. Sie nickte. Ich sah ein von schweren Möbeln dunkles Zimmer vor mir, in dem ich mit meiner Frau an einem Schreibtisch saß, eine Angestellte kam herein und brachte Kaffee. „Die Kanzlei, in der Sie arbeiten?“, fragte ich. Sie nickte erneut. Es war bei diesem Termin Anfang des Jahres um das Testament meines Schwiegervaters gegangen, eine unkomplizierte Sache mit Susanne als alleiniger Erbin. „Waren Sie zu diesem Zeitpunkt, als wir uns sahen“, fragte ich, „schon im Besitz der Waffe?“ Auch diese Frage beantwortete sie mit einem Nicken. „Sie sollten“, sagte ich, „mit dem Anwalt sprechen, der für Ihre Verteidigung zuständig ist.“ Daraufhin ließ ich sie allein.

Nach dem Wochenende gab es unter den Kollegen kein anderes Thema als die doppelte Waffe. Die meisten hatten davon aus den Nachrichten erfahren, und es wurden die kuriosesten Theorien entwickelt, was das für die Herkunft der Reliquie zu bedeuten habe. Nachdem die Braut gestorben war, hatte es in der Gegend immer wieder Leute gegeben, die behaupteten, den Christus an der Waffe gesehen zu haben, auch versuchte man damals, den Schmied ausfindig zu machen, der den Revolver Christi gefertigt hatte, aber weder er noch die Waffe tauchten auf. Der Vater der Braut starb als letztes Mitglied der Familie, und mit ihm schien die Sache in Vergessenheit zu geraten, es gab keine schriftliche Überlieferung und ohne die

Waffe war das Phänomen nicht mehr als etwas, das die Leute sich erzählten. Auch aus Umma Maram war nur ein einziges Gebet überliefert, das man den Bewaffneten Christi zuschrieb, es war als Randkommentar in einer Psalmenhandschrift entdeckt worden und lautete: *O Verwunder, heile mich mit deinen Waffen, bewaffne mich, Christus, zu deinem Kampf!*

Die beiden Waffen sollten im Laufe des Tages wieder in der Stadt eintreffen. Ich ließ mir im Ordinariat den Bischof persönlich ans Telefon geben und fragte, ob der Transport direkt dorthin gehen solle. „Wir wollen nur das Original!", rief er in den Hörer, „nur das Original". Auch wenn aus ermittlungstechnischen Gründen keine Notwendigkeit bestand, sie zu verwahren, beschloss ich, die Waffen vorerst auf der Wache zu behalten. Nach Dienstschluss suchte ich den Dompfarrer auf, der mich einlud, mit ihm zu Abend zu essen. „Kann man", fragte ich, „von der Liebe Christi verwundet werden?" „Im mystischen Sinne durchaus", sagte er und kaute weiter. „Wissen Sie inzwischen mehr über den Schützen, Herr Kommissar?" „Sie scheint", sagte ich, „die Waffe bereits länger besessen zu haben." Er nahm diese Information nickend zur Kenntnis. Zuhause saß meine Tochter mit einem Buch auf dem Sofa und kratzte beim Lesen abgeplatzten Lack von ihren Fingernägeln. „Hätte sie jemanden umbringen können mit dem Revolver?", fragte sie mich. „Den in der Vitrine, meinst du?", entgegnete ich. „Er war nicht geladen, die letzte Kugel hat dieser Junge abgekriegt vor einem Jahrhundert." „Aber wenn es der gleiche Revolver wie ihrer war", erwiderte sie, „hätte die Kugel gepasst." „Ja", sagte ich, „das stimmt, aber sie hatte nur die eine, mit der sie den Revolver aus der Vitrine geschossen hat." „Bestimmt wollte sie wissen, was passiert, wenn man beide Waffen gleichzeitig hält", meinte sie. „Es wird Zeit fürs Bett", sagte ich.

Genau eine Woche nach dem Vorfall, am Donnerstag, wollte man eine Entscheidung getroffen haben, ob die Schau wieder eröffnet oder gänzlich geschlossen würde, aber auch am Dienstag schien niemand eine Ahnung zu haben, was mit der zweiten Waffe passieren sollte. Ich nahm mir noch einmal den Fall Peter Zochen vor. Der Zettel mit seiner handschriftlichen Notiz und das Stigma sprachen dafür, dass er eine religiöse Erfahrung gemacht hatte, möglicherweise erst kurz vor seinem Tod, da niemand aus seinem Umfeld etwas Derartiges an ihm bemerkt haben wollte. Diese

Erfahrung könnte ihn dazu gebracht haben, in die Kathedrale und zu der Reliquie vorzudringen, an der er seine Fingerabdrücke hinterlassen hatte. Angenommen, es seien bereits damals beide Waffen im Spiel gewesen, hätte ihm jemand mit der zweiten nachkommen und daraus den Schuss abfeuern können, nachdem Zochen die erste Waffe in die Vitrine zurückgelegt hatte.

Da bei Wächters Tat niemand verletzt wurde, war nur mit einer geringen Strafe zu rechnen, die genauen Anklagepunkte blieben weiterhin unklar. Am Nachmittag entließ man sie aus der Untersuchungshaft mit der Auflage, sich bis zum Auftakt eines Prozesses nicht aus der Stadt zu entfernen. Am Abend klingelte sie an unserer Tür. „Was wollen Sie hier?", fragte ich. Als sei das eine Erklärung, sagte sie: „Ihre Frau und Ihre Tochter kommen dienstags später nachhause." „Sie beobachten uns?", fragte ich. „Fürchten Sie sich nicht", sagte sie, und wie sie da stand, schmal, blass, die Hände in die Taschen eines langen Mantels gesteckt, den sie trotz des sommerlichen Abends trug, sah sie nicht zum Fürchten aus. Ich betrachtete sie, als sähe ich sie zum ersten Mal, Johanna Wächter, 32, kurzes, nach hinten frisiertes Haar, das Gesicht leicht geschminkt, kein Schmuck. Sie ließ meine Musterung ruhig über sich ergehen. „Was wollen Sie?“, fragte ich. Unter ihrem Mantel zog sie ein Bündel Briefe hervor und streckte es mir entgegen. „Ich dachte, das sollten Sie haben“, sagte sie. Ich nahm das Paket nicht an, sondern fragte, was das sei. Wir standen am Eingang unseres Hauses. Obwohl es noch hell war, ging immer wieder das mit einem Bewegungsmelder ausgestattete Licht über der Tür an. Sie hielt mir unverwandt das Bündel entgegen. „Das sind Briefe, die Ihr Schwiegervater geschrieben hat. Er schrieb sie für meinen Großvater.“ Jetzt griff ich danach. Sie ließ den Arm sinken. „Mein Schwiegervater schrieb Ihrem Großvater?“, fragte ich. „Sie kämpften gemeinsam in Frankreich“, sagte sie, „und gerieten in Gefangenschaft, ’43 bis ’45. Mein Großvater beherrschte nur Sütterlin. Ihr Schwiegervater war jünger, er konnte so schreiben, dass die Zensoren es lesen konnten und übernahm das Schreiben für ihn. Nach dem Krieg hielten sie Kontakt.“ „Frau Wächter“, fragte ich, „was hat das mit dem Revolver zu tun?“ „Lesen Sie“, sagte sie, „ich muss jetzt gehen.“ Am nächsten Vormittag blieb ich unter dem Vorwand dringender Recherchen zuhause. Sobald meine Tochter und meine Frau das Haus verlassen hatten, holte ich die

Briefe hervor und nahm zum Abgleich der Handschrift die Unterlagen zu Hilfe, die wir von meinem Schwiegervater aufbewahrten. Er war im letzten Winter ohne besondere Vorzeichen verstorben, nur seine gelegentlichen Besuche waren zuvor ganz ausgeblieben, doch hatten wir dies weniger einer Schwäche als vielmehr seiner allgemeinen Unlust zugeschrieben, die sich im Alter mehr und mehr auszuprägen schien. Ich war seiner Schweigsamkeit immer mit Skepsis begegnet, wohingegen Susanne sie für ein Merkmal seines Charakters hielt, das sie gelernt hatte, zu akzeptieren. Das Bündel Briefe, das Wächter mir gegeben hatte, war chronologisch sortiert, die neun aus der Zeit der Gefangenschaft enthielten im Wesentlichen Informationen über die Versorgung und die Arbeitssituation, manchmal Berichte über Begebenheiten wie Kirchbesuche oder Ausgänge zu Feiertagen, die man den Gefangenen gewährt hatte, ansonsten Nachfragen über die Familie und Kommentare zu Briefen und Paketen, die man ihm von zuhause geschickt hatte. 1947 folgte der erste Brief, den mein Schwiegervater an ihn geschrieben hatte, bis ins Jahr 1975 waren es insgesamt fünfzehn Schreiben. Ab dem zehnten Brief, datiert vom Juli 1966, lautete der Absender auf die Anschrift, die mein Schwiegervater bis zu seinem Tod innehatte, jenes Haus im Süden der Stadt, in dem meine Frau aufgewachsen war. Wächter mussten der Name und die Adresse aufgefallen sein, als wir wegen seines Testaments in die Kanzlei kamen. Der andere, ihr Großvater, war wohl vom Krieg gesundheitlich schwer geschädigt gewesen, immer wieder enthielten die Briefe Besserungswünsche und Mahnungen zur Schonung. Einem der letzten Umschläge entnahm ich ein Foto, auf dem vor einer weißgekalkten Mauer hinter der Palmen aufragten, meine Schwiegermutter und meine Frau als kleines Mädchen zu sehen waren, auf die Rückseite hatte jemand mit Bleistift notiert: *Susanne und Margot, Umma Maram, März 1974.* Ich sah meinen Schwiegervater vor mir, wie er die beiden sich aufstellen ließ, um sie mit seiner Kamera abzulichten, die er umständlich auf einem Stativ positioniert hatte, wie er auch später immer Bilder von uns machen wollte, in Reihe aufgestellt und vor einem guten Hintergrund, wie er sich ausdrückte. Dass Susanne mit ihren Eltern in Ägypten gewesen war, wusste ich, er hatte öfter davon gesprochen, weil es die letzte Reise der Familie war, bevor Margot im darauffolgenden Jahr mit gerade einmal fünfunddreißig verstorben war und meinen sie um Jahre übertreffenden Schwiegervater und die damals fünfjährige Susanne hinterließ. Es war auch nicht das erste Mal, dass ich Bilder von dieser Reise sah, es existierte ein Album, in dem meine Tochter immer wieder fasziniert geblättert hatte, seit sie wenige Jahre älter war, als Susanne auf diesen Fotos. Ich wusste, dass es eine Rundreise gewesen war, die die bekannten Touristenattraktionen umfasste, Kairo, Gizeh, Alexandria, aber von Umma Maram war nie die Rede gewesen und ich war sicher, von diesem Ort zum ersten Mal im Zusammenhang mit der Wallfahrt und der Ausstellung der Ikone gehört zu haben. Mit Unbehagen fiel mir ein, wie meine Frau am Wochenende zu nah an das Bild herangetreten war.

Zu Mittag empfing ich die Verantwortlichen der Diözese auf der Wache, um ihnen den Revolver Christi auszuhändigen, der ab dem Wochenende wieder in der Kathedrale zu sehen sein sollte. Der Lichtkünstler war eigens aus der Hauptstadt angereist, um den Aufbau der Installation persönlich zu überwachen. Man habe sich, sagte der Bischof, nach eingehenden Beratungen entschlossen, auf eine Klage gegen den Schützen zu verzichten, auch wenn es freilich Sache der Behörden bliebe, den Vorwurf des illegalen Waffenbesitzes zu prüfen. Die Kosten für die entfallene Ausstellungswoche trage das Bistum, wie im Fall Peter Zochen erhoffe man sich einen finanziellen Ausgleich durch den Effekt der gesteigerten Berichterstattung. Für eine theologische Einordnung des Vorfalls sei es indes zu früh, man werde sich keinen voreiligen Schlüssen hingeben. Bezüglich der zweiten Waffe sei die Besitzfrage juristisch unklar, weswegen die behördliche Verwahrung vorläufig die angemessenste Lösung sei. Ich nahm den Dompfarrer beiseite und fragte ihn, wer für die Pflege von Zochens Grab aufkomme. „Privates Stiftungsvermögen", sagte er, „das ist einmal jemandem sehr wichtig gewesen, der spendete für die Instandhaltung auf hundert Jahre im Voraus." „Wann war das?", fragte ich. „Mitte der Siebzigerjahre, Herr Kommissar", sagte er und beeilte sich, dem Bischof und den anderen Herren nachzugehen.

Ich wollte meine Tochter von der Schule abholen und ging, weil noch Zeit war, in dem kleinen Park gegenüber dem Gebäude spazieren. Bis zu den Sommerferien waren es nur noch wenige Tage, in einer Woche würden wir in den Urlaub aufbrechen, im Flur stapelten sich schon Dinge, die meine Frau für die Reise bereitgelegt hatte. Vor

Jahren hatten wir ein Ferienhaus auf Kreta gekauft, bis zur Einschulung unserer Tochter hatten wir dort viel Zeit verbracht, jetzt beschränkten sich die Aufenthalte auf drei oder vier Wochen im Sommer und jeweils eine Woche im Winter und Frühling, aber trotz zahlreicher Diskussionen darüber konnten wir uns zum Verkauf noch nicht entschließen. Als ich das Läuten der Schulglocke hörte und die Straße überqueren wollte, sah ich, dass Johanna Wächter in ihrem langen Mantel am Schultor stand. Kinder strömten aus dem Gebäude, meine Tochter tauchte mit ihrer besten Freundin auf, sie verabschiedeten sich am Tor, dann ging jede in eine andere Richtung davon. Auch Wächter setzte sich in Bewegung und folgte meiner Tochter. Wir gingen gemeinsam, sie und ich, meinem Kind hinterher, verlangsamten unseren Schritt, wenn sie es tat, legten an Tempo zu, wenn sie eine Ampel überquerte und warteten schließlich in vorsichtigem Abstand zueinander, bis sie hinter dem Gartentor in unserem Haus verschwunden war. Als Wächter den Weg zurück antrat, zog ich mich in einen Hauseingang zurück und ließ sie passieren, dann ging ich zu meinem Auto und steuerte mit kalten Händen nach Hause. Nach dem Abendessen steckte ich die Briefe in eine Tasche und fuhr zu Wächters Wohnung. Sie lebte in einem großen Mietshaus. Ich stellte das Auto auf einem für Anwohner gekennzeichneten Parkplatz ab, ich stieg nicht aus. Ein Spaziergänger kam mir entgegen und nickte zum Gruß, ich überlegte, umzukehren, da klopfte Wächter an die Beifahrertür. Ich hatte nicht bemerkt, ob sie von der Straße oder aus dem Haus gekommen war. Ich öffnete ihr die Tür, sie stieg ein. „Jetzt kommen Sie zu mir", sagte sie und lächelte. „Ich komme", antwortete ich, „um Ihnen zu sagen, dass Sie sich von meiner Familie fernzuhalten haben." „Sie haben Angst", stellte sie nicht ohne Überraschung fest. „Sie lauern meiner Tochter vor der Schule auf", erwiderte ich. Sie schüttelte den Kopf. „Ich begleite Mara nachhause." „Woher kennen Sie ihren Namen?", fragte ich. Darauf antwortete sie nicht. Einen Augenblick saßen wir nebeneinander wie ein Paar, das sich nichts mehr zu sagen weiß, die Trennung aber herauszögern will, und wir starrten nach draußen, wo es nichts zu sehen gab. Sie hatte die Hände rechts und links neben sich abgestützt und den Rücken nach vorn gebeugt, in der gleichen Haltung hatte sie in der Haftanstalt vor mir gesessen. Ich griff auf der Rückbank nach der Tasche mit den Briefen und hielt sie ihr entgegen wie sie mir das Bündel am Abend zuvor. „Das habe ich Ihnen zurückgebracht“, sagte ich. Sie machte keine Anstalten, sie zu nehmen. „Bitte“, sagte sie, „behalten Sie sie.“ Ich hielt die Briefe wie eine schwebende Ladung zwischen mir und ihr über der Handbremse, sie in ihren Schoß zu legen, wagte ich nicht. „Bitte“, wiederholte sie und sagte: „Behalten Sie sie Ihrer Frau zuliebe.“ Ich weiß nicht, ob es diese Aussage war oder der Ton ihrer Stimme, aber ich ließ die Hand mit den Briefen sinken. Ich schaute Wächter nicht mehr an und wartete, bis sie ausgestiegen war, dann startete ich den Wagen und fuhr zurück.

Am nächsten Morgen brachte ich Mara zur Schule und sagte ihr, dass ich sie auch wieder abholen würde. „Es sind bald Ferien“, sagte ich zur Erklärung und ignorierte den Blick, mit dem sie mir zu verstehen gab, wenn sie etwas für peinlich oder überzogen hielt. Den ganzen Vormittag über blieb ich in Sichtweite der Schule. In den Lokalnachrichten meldeten sie, dass die Wallfahrt zum Revolver Christi am Samstag wiedereröffnet würde. Ich überlegte, meine Frau anzurufen, um ihre Stimme zu hören, da rief der diensthabende Kollege von der Wache an. Man habe, sagte er, die Leiche von Johanna Wächter gefunden, in der

Nähe ihrer Wohnung. Ein Passant habe sie zusammengesunken auf einer Parkbank entdeckt und den Rettungsdienst gerufen, der nur noch ihren Tod habe feststellen können. Die Obduktion solle aufgrund der Dringlichkeit des Falls, die durch die auffällige Nähe zu ihrer Tat am vergangenen Donnerstag bestand, noch am gleichen Tag beginnen. Ich fuhr in die Gerichtsmedizin und ließ mich zu ihr bringen. Auf den ersten Blick, sagte der zuständige Arzt, gebe es keine Anzeichen von Gewalteinwirkung, nur eine Sache sei beim Entkleiden sofort aufgefallen. Er schlug das über ihren Körper gebreitete Tuch zurück. Über dem Sonnengeflecht leuchtete rot ein kreisrunder Fleck. Ich blickte in das Gesicht der Frau, mit der ich noch wenige Stunden zuvor gesprochen hatte. Ich hatte sie nicht gerettet.

*

Die Untersuchung der Leiche blieb ergebnislos. Auf Wunsch ihrer Angehörigen wurde sie eingeäschert und in einer Urnenwand bestattet. Außer dem Dompfarrer, der sich mit mir im Hintergrund hielt, waren zu dem Begräbnis nur eine Handvoll Leute gekommen, unter denen ich ihre

Eltern und ihren Bruder auszumachen glaubte, einen anderen jungen Mann hielt ich für einen Freund, vielleicht eine verflossene Liebe oder ein Verehrer. Anschließende Befragungen brachten keine Hinweise, und da nichts auf einen Mord hindeutete, wurde der Fall bald zu den Akten gelegt. Doch auch lange später wurde ich den Gedanken nicht los, ich hätte ihren Tod verhindern können, wäre ich nur in der Lage gewesen, ihre Hinweise zu deuten. Von der Existenz der Briefe wusste anscheinend niemand, und ich war sicher, dass das ihre Absicht gewesen war. Sie hatte mich zum Komplizen ihres Geheimnisses gemacht, und nur mein anbrechender Urlaub entband mich damals davon, den Fall auf eigenen Wunsch abzugeben. Sie hatte wohl ihren Tod kommen sehen, möglicherweise hatte sie gehofft, ich könne ihr in irgendeiner Weise helfen, aber spätestens, als sie in meinem Auto saß, musste ihr klar gewesen sein, dass sie von mir nichts zu erwarten hatte.

Kreta verging zum ersten Mal quälend langsam. Alles, was ich tun konnte, war anhand der bekannten Fakten darüber nachzudenken, was Johanna Wächter widerfahren war. Susanne und Mara überließen mich die meiste Zeit meinen

Grübeleien, nur einmal fragte meine Tochter mich, ob ich wegen der Frau mit dem Revolver traurig sei, was ich bejahte. Nachts lag ich häufig wach und lauschte auf Susannes Atem oder ich stand auf, um nach Mara zu sehen, wie wir es gemacht hatten, als sie ein Baby war. Es hatte mir immer fern gelegen, mich als Beschützer unserer Familie zu sehen, vielmehr waren die beiden, schon als meine Tochter wenige Jahre alt war, wie zwei Teile eines Hauses, in dessen Raum ich mich aufhielt. Jetzt aber, seit Johanna Wächter mich hatte glauben machen, sie seien gefährdet, irrte ich unbeholfen zwischen ihnen umher wie jemand, der nicht weiß, wie man die Türen vor einem Sturm sichert. Einmal träumte ich, die drei Frauen gingen frühmorgens mit schweren Einkäufen beladen einen grasbewachsenen, feuchten Weg entlang. Ich meinte zu wissen, sie suchten nach jemandem, aber ich wachte auf, noch ehe eine von ihnen ihre Last hatte abstellen müssen, um zu verschnaufen. Ich ertappte mich dabei zu glauben, die drei seien bis vor kurzem noch ein Gespann gewesen, das jederzeit lachend, plaudernd am Gartentor auftauchen konnte, während ich am Schreibtisch saß und auf die Straße starrte in Erwartung einer Idee.

Wir kehrten am Tag vor Maras dreizehntem Geburtstag zurück. Sie hatte ihre Freundinnen schon am Ende des Schuljahres zu einer Feier eingeladen, und nach einem gemeinsamen Kinobesuch aßen sie bei uns zu Abend. Susanne hatte eine lange Tafel gedeckt und bunte Papierlaternen aufgestellt, sie bewegte sich zwischen den Mädchen leise und unauffällig, nicht wie ein Fremdkörper. Ihr Anblick nährte meine Wut auf Johanna Wächter, für die Heimlichkeit, die sie mir mit den Briefen gegeben hatte, denn ich konnte sie nicht auf der Wache haben, ich wollte sie nicht zuhause haben, ich begann, sie zuweilen in ein Café zu tragen, wo ich versuchte, mit der Beiläufigkeit eines Zeitungslesers Seite um Seite zu durchkämmen. Sie erschienen mir wie Gegenstände, denen man ihre Botschaft mühsam abringen muss, nicht wie Mitteilungen, die man durch Lesen zum Sprechen bringt. Ich ging damit eines Abends zum Dompfarrer. „Können Sie das für mich aufbewahren?", fragte ich und streckte ihm die Tasche entgegen, die ich auch Wächter hatte geben wollen. „Sicher, Herr Kommissar", sagte er und nahm sie mir ohne nachzufragen ab. Die Wallfahrt war indes fast zu ihrem Ende gekommen. Man sei, sagte er, insgesamt zufrieden mit dem Erfolg. Persönlich, fügte er hinzu, sei er froh, wenn Ruhe eingekehrt sei, in zehn Jahren werde ein anderer an seiner Stelle sein. Ich war nicht sicher, ob er damit auf die zweite Waffe anspielte, um die man sich für die nächste Schau würde kümmern müssen, oder auf die Toten, die die Wallfahrt nach sich gezogen hatte. „Kommen Sie", sagte er und führte mich in die Kirche. Er benötige noch etwas aus der Sakristei für die Vorbereitung der Messe, behauptete er, aber er nahm nur mit mir in einer Bank Platz, von der aus man den Revolver in der gedämpft beleuchteten Vitrine gut betrachten konnte. „Glauben Sie", fragte ich, „dass die Leute aus Sensationsgier zur Wallfahrt kommen?" Mit solchen Motiven müsse man rechnen, sagte er. Seiner Meinung nach stelle der Revolver Christi aber noch etwas anderes dar, das den Menschen aus eigener Erfahrung einleuchte. „Unmittelbar getroffen zu werden", sagte er, „die meisten kennen das von der Liebe."

Am nächsten Tag ging ich in der Mittagspause noch einmal in die Gemäldegalerie, um die Ikone zu sehen, bevor sie nach Umma Maram zurückgebracht würde. Die Frau, die die Aufsicht führte, saß auf einem kleinen Hocker, sie blickte nur kurz auf, als ich an ihr vorbei in den Raum hineinging und wandte sich sofort wieder ihrer Illustrierten zu. Es war Susannes Angewohnheit, Museen zu dieser Tageszeit zu besuchen, wenn der morgendliche Ansturm vorüber war und die Nachmittagsbesucher noch nicht eingetroffen waren, auch das Personal war wegen der Mittagspause nur in Minimalbesetzung anwesend, sodass man die größte Chance auf ungestörtes Betrachten hatte. Selbst in den abgedunkelten Räumen des Museums war zu spüren, dass der Tag jetzt seinen Höhepunkt erreicht hatte, und ich sah auf den ersten Blick, dass die Ikone für solches Licht gemacht war. Anders als beim letzten Besuch schien das Bild fast zu leuchten, der Effekt musste dort, in Umma Maram, noch sehr viel stärker sein, und ich konnte mir nicht vorstellen, dass man diesen Eindruck vergessen konnte, hatte man ihn einmal zu Gesicht bekommen.

Das Haus, in dem Wächters Großvater gelebt hatte, existierte nicht mehr und ich bezweifelte, dass sie es selbst noch gekannt hatte, auf den Satellitenbildern jenes Ortes sah man an der Stelle, wo es gestanden hatte, ein Freizeitzentrum, das der Architektur nach zu urteilen aus den Achtzigerjahren stammte. Mein einziger Anhaltspunkt war das Haus meines Schwiegervaters, das nun Susanne gehörte. Zwischen diesen Punkten hatten die beiden Männer ihre Briefe über beinahe dreißig Jahre hin- und hergeschickt. Als der Anwalt uns im Herbst des gleichen Jahres auf Wächter ansprach, ahnte ich das erste Mal, dass mein Schwiegervater ihr die Waffe gegeben hatte. Das mit ihr sei eine tragische Geschichte, die er sich nicht erklären könne, sagte Anwalt, sie sei immer eine vorbildliche Mitarbeiterin gewesen, ruhig, freundlich, zuverlässig. „Auch Ihr Vater hat sie geschätzt", sagte er an Susanne gewandt, „sie hat seine Angelegenheiten lange betreut. Einmal ist sie sogar zu ihm gefahren, damit er eine Unterschrift leisten konnte, da ging es ihm schon nicht mehr gut." Wir sprachen nicht darüber. Mara hatte zu dieser Zeit begonnen, sich zu verändern, nicht ungewöhnlich für ihr Alter, dennoch bemerkte ich an Susanne eine Unruhe, die mich an die Schwangerschaft erinnerte. Sie hatte sich aufgrund ihrer eigenen Erfahrungen erst spät zu einem Kind entschlossen und zweifelte, ob sie der Rolle als Mutter würde gerecht werden können. Erst mit Maras Geburt war alle Unsicherheit hinweggefegt, sie lebte, als sei das Kind selbst die Bestätigung dafür, dass alles gutgehen würde.

Kurz nach dem Termin in der Kanzlei, wurde Susanne krank. Es begann wie eine Grippe, stellte sich dann aber als ein langwieriges Fieber heraus, das sie bis zum Ende des Jahres ins Bett zwang. Ich verlegte so viel Arbeit wie möglich nach Hause, damit ich nach ihr sehen konnte und wachte über ihren Zustand mit Argwohn, denn die Ärztin hatte gesagt, es könnten Ausschläge auftreten, und ich begann mich zu fragen, ob vielleicht auch die Braut, Zochen und Wächter von einem Fieber geschwächt worden waren, ehe sie das Stigma ereilte. Ich versuchte mich zu erinnern, ob an jenem Abend in meinem Auto eine ungewöhnliche Körperwärme von Johanna Wächter ausgegangen war. Wir hatten uns nicht berührt. Den Mantel, den sie immerzu getragen hatte, wertete ich als mögliches Indiz dafür, dass sie krank gewesen war. Auch Susanne beklagte sich nun ständig über die Kälte. Einige Tage vor Weihnachten bat sie mich, ihr etwas aus dem Haus ihrer Eltern zu holen. Ich fuhr am Nachmittag von der Wache aus dorthin. Es war gegen 16 Uhr und dämmerte bereits, die Haustür war nicht verschlossen. Ich spürte die Anwesenheit von jemandem und griff im Flur nach einem Gehstock, damit bewegte ich mich langsam vorwärts, Küche und Gästetoilette lagen im Dunkeln. An der Schwelle zum Wohnzimmer blieb ich stehen, weil ich wusste, dass sie knarrte, wenn man darauf trat. Auf dem Sofa lag meine Tochter und schlief, eingewickelt in eine Decke, die mein Schwiegervater sich beim Fernsehen immer über die Beine gelegt hatte. Sie atmete ruhig und rührte sich nicht. Ich löste mich jäh von der Szene und trat mit äußerster Vorsicht den Rückzug an. Susanne sagte ich, es hätte mich auf der Arbeit etwas aufgehalten, ich wolle lieber in den nächsten Tagen dorthin fahren und holen, was sie brauchte.

Mara kam pünktlich nach Hause. Sie verbrachte nach der Schule viele Nachmittage bei ihren Freundinnen und bat auch häufig darum, am Wochenende bei einer von ihnen übernachten zu dürfen. Wir hatten uns darüber nicht gewundert, wegen Susannes Erkrankung hatte sie eine Weile niemanden zu uns bringen können, überdies zeigte sie wenig Interesse daran, Zeit mit uns zu verbringen, was wir einander lächelnd damit erklärten, dass sie nun ein Teenager war. Am nächsten Vormittag, während sie in der Schule war, fuhr ich erneut in das Haus und durchstreifte die Zimmer nach Hinweisen auf heimliche Besuche. Die Feiertage verbrachten wir zu dritt. Susanne, die sich noch schwach fühlte, überließ die Vorbereitungen mir, während Mara zwischen uns hin- und herpendelte und Nachrichten von einem ins andere Zimmer überbrachte. Wir trafen kaum jemanden und lebten, als gäbe es außer uns nichts. So blieb es bis zum Jahreswechsel. Erst im neuen Jahr wollte Mara an einem Wochenende wieder bei einer Schulfreundin übernachten. Am Abend, als sie bereits einige Stunden fort war, sagte ich Susanne, ich müsse noch einmal weg. Es beunruhigte sie nicht, es kam öfter vor, dass ich aufgrund von Ermittlungen zu außergewöhnlichen Zeiten aufbrach.

Im Haus meines Schwiegervaters brannte Licht. Diesmal klingelte ich. Es blieb zunächst ruhig, dann hörte ich, wie jemand versuchte, möglichst geräuschlos durch den Flur zu gelangen. Man konnte durch einen Türspion nach draußen sehen. Mara öffnete mir die Tür. „Was machst du hier?“, fragte sie. „Dasselbe könnte ich dich fragen“, erwiderte ich und ging an ihr vorbei ins Haus hinein. Sie folgte mir ins Wohnzimmer. „Mara“, sagte ich, „bist du die ganze Zeit hier gewesen, wenn wir dachten, du bist bei deinen Freundinnen?“ „Meistens“, sagte sie und ging die Treppe hinauf ins obere Stockwerk, um kurz darauf mit einem Foto zurückzukommen. Darauf zu sehen war Margot, gekleidet in eine weite Hose, ein ärmelloses Shirt und ein um den Kopf geschlungenes Tuch, die Füße ohne Schuhe, in der Hand hielt sie die Waffe. Es war, das begriff ich sofort, ein Bild von der Ägyptenreise, die gleiche Anmutung, halb so groß wie eine Postkarte, meine Schwiegermutter ein Jahr vor ihrem Tod. Dass es sich um die Waffe handelte, mit der Wächter im Sommer auf die Vitrine geschossen hatte, bezweifelte ich nicht. Trotz des kleinen Formats war sie gut zu erkennen, der kompakte Lauf, die kunstvoll gefertigten Verzierungen, ich hatte sie selbst in der Hand gehalten. Ich fluchte leise, während meine Tochter mich ruhig beobachtete. „Wann?", setzte ich an und sie kam mir zuvor, die Frage zu Ende zu formulieren. „Ich hab die Waffe wiedererkannt auf dem Bild in der Zeitung", sagte sie. „Aber das Foto?", fuhr ich fort. „Hab ich beim Spielen gefunden", sagte sie, „da war ich noch kleiner." „Hast du es ihm gezeigt?" „Nein", sagte sie, „ich hab es manchmal heimlich angeschaut, wenn ich hier war." „Gibt es noch mehr davon?" „Ich weiß nicht". Wir schwiegen einen Augenblick. Dann sagte sie: „Wir sagen Mama nichts." „Vorerst", sagte ich, „aber du musst mir versprechen, nicht mehr allein herzukommen." Sie nickte. „Was hast du eigentlich die ganze Zeit hier gemacht?", fragte ich.

„Nichts“, erwiderte sie, „nachgedacht.“ „Willst du Susanne anrufen und sagen, dass du doch nicht bei deiner Freundin schlafen willst?“, fragte ich. „Nein“, sagte sie, „ich bleibe hier und komme morgen früh nach Hause.“ Wir sahen uns lange an. „Ich hol dich ab“, sagte ich. In der Nacht machte ich kein Auge zu.

Mara versicherte mir, dass sie weder mit Wächter gesprochen noch die Waffe im Haus meines Schwiegervaters je zu Gesicht bekommen hatte. „Was hat Margot mit dem Revolver gemacht?“, fragte sie mich. Sie hatte sie immer beim Vornamen genannt, zu jung war Margot bei ihrem Tod gewesen, als das es passend schien, sie ihre Großmutter zu nennen. Ich konnte ihr keine Antwort geben. Über Margots Todesumstände wussten wir kaum etwas. Susannes Erinnerungen an ihre Mutter beschränkten sich auf einige frühe Szenen und Bilder. Als sie gestorben war, hatte man ihr das zu erklären versucht, sie aber die Tote nicht sehen oder an der Beerdigung teilnehmen lassen. Bis zu ihrer Einschulung hatte sie bei einer alleinstehenden Verwandten gelebt, die später ins Haus meines Schwiegervaters gekommen und auf Susanne aufgepasst hatte, bis er am Abend von der Arbeit nach Hause kam. Gesprochen wurde über

Margot nicht. Als Jugendliche versuchte Susanne mehr herauszufinden, mein Schwiegervater ließ sie aber glauben, es gebe darüber nichts zu berichten, manche Menschen stürben eben früher als andere. Erst als er alt wurde, erwähnte er sie zuweilen, über ihren Tod sprach er bis zum Schluss nicht. Manchmal hatte mich das wütend gemacht, und ich hatte mit Susanne diskutiert, ob es nicht an der Zeit sei, sich mit dem Schweigen nicht mehr abzufinden, doch sagte sie stets, ihr fehle die Kraft, um sich in diesem Punkt mit ihm zu messen. Selbst zu recherchieren, hatte ich mir immer verboten, und auch jetzt schreckte ich davor zurück, aus meiner Schwiegermutter einen Fall zu machen. Für Mara schien die Sache nun in meinen Händen zu liegen, und ich wusste, dass sie sich an unsere Abmachung halten würde, nicht mehr allein in das Haus zu gehen, dessen Verkauf ohnehin kurz bevorstand. Dennoch veränderte der Vorfall etwas in unserer Beziehung, was auch Susanne nicht entging. Ich nahm mir täglich vor, mit ihr zu sprechen, tat es aber nicht. Es erschien mir jetzt möglich, wenn nicht gar zwingend, dass Margots Tod in einer Linie stand mit dem der Braut, Zochens und Wächters. Dass sie erschossen worden war, bezweifelte ich, zu sehr hätte ein solcher Fall für öffentliches Aufsehen gesorgt, als dass er sich hätte verschleiern lassen. Ob sie ein Stigma getragen hatte wie die anderen, würde ich nicht herausfinden, sie war aber mit dem Revolver und vielleicht auch mit der Ikone in Umma Maram in Kontakt gekommen.

Wir hatten beschlossen, dieses Jahr auf Kreta zu verzichten und die Osterferien stattdessen zu nutzen, um das Haus meines Schwiegervaters zu räumen. Die Feiertage lagen spät, doch war es noch kalt und wir schleppten tagelang Kisten durch den vom Schnee aufgeweichten Vorgarten und trugen den Schmutz ins Haus. Wir begannen am Palmsonntag und hofften, bis zum Karsamstag fertig zu werden. Beim Abbauen der Möbel halfen uns Freunde, ansonsten arbeiteten Susanne und ich allein, Mara war mit der Schule auf Skifreizeit gefahren und würde erst in der darauffolgenden Woche zurückkommen. Wir nahmen uns Zimmer für Zimmer vor, sortierten, was wir behalten, spenden und wegwerfen wollten und zeigten uns gegenseitig immer wieder Dinge, auf die wir stießen. In den Pausen aßen wir belegte Brote und tranken dazu Tee aus einer Thermoskanne, als befänden wir uns auf einem Ausflug. Für Ostermontag hatte mich der Dompfarrer eingeladen, ich bat ihn um die Tasche mit den Briefen und einen Raum, wo ich in Ruhe lesen konnte. Er ließ mich an seinem Schreibtisch Platz nehmen. „Lassen Sie sich Zeit, Herr Kommissar“, sagte er und schloss die Tür hinter sich. Ich suchte den Umschlag heraus, in dem sich das Foto von Susanne und Margot vor Umma Maram befand und legte das andere, das Mara gefunden hatte, daneben. Der Hintergrund des Bildes mit Waffe war unbestimmter als der des anderen, dem Licht nach zu urteilen, war es in einem Innenraum fotografiert worden, kahle Wände, kahler Boden, es konnte ein überschatteter Hof sein oder auch ein schlichtes Zimmer. Ich steckte das Foto mit dem anderen zurück in den Umschlag und las erneut alle Briefe. Dabei notierte ich jedes Wort, das mein Schwiegervater über Margot geschrieben hatte, in der Hoffnung, es ergäbe sich daraus eine verwertbare Spur, aber die Erwähnungen gingen nicht über höfliche Banalitäten hinaus. Als ich dem Dompfarrer die Tasche zurückgab, verneinte ich seine Frage, ob ich gefunden hätte, wonach ich suchte und verabschiedete mich mit dem Gedanken, die Briefe ein für alle Mal bei ihm zurückzulassen.

Am Mittwoch holten wir Mara ab. Bereits eine halbe Stunde vor Ankunft der Kinder sammelten sich die Eltern auf dem Schulhof, man sprach über dies und das und trat dabei mit den Füßen auf der Stelle, um an diesem kalten Aprilnachmittag nicht gänzlich auszukühlen. Ich wartete mit Susanne bei einem Paar, dessen Tochter mit Mara bereits die Grundschule besucht hatte, und wärmte sie, indem ich hinter ihr stehend die Hände über ihre Arme auf und ab rieb. Mir schien noch immer, sie sei seit dem Fieber zarter und anfälliger geworden als zuvor. Ich beteiligte mich kaum an dem Gespräch und ließ stattdessen meinen Blick über die Leute schweifen, ich fühlte mich müde von der Räumung des Hauses und musste wieder und wieder an die Fotografie denken, derer ich mich entledigt hatte. Plötzlich sah ich an der Einfahrt, das Gesicht zur Straße gewandt, eine Frau in einem langen Mantel stehen. Ich merkte, dass ich Susannes Schultern umklammerte, als sie sich umdrehte und fragte, ob alles in Ordnung sei. „Ja, ja", sagte ich zerstreut, „ich habe nur jemanden gesehen, ich bin gleich wieder da." Ich steuerte über den Schulhof auf die Frau zu, als sie sich umdrehte, wich ich einen Schritt zurück, so sicher war ich, Wächter würde mich aus ihrem blassen Gesicht ansehen, aber es war eine ältere Dame mit ebenso kurz geschnittenem, nicht ergrautem Haar, das in auffälligem Gegensatz stand zu ihrem von hunderten Fältchen durchzogenen Gesicht. Sie hatte offensichtlich gespürt, dass jemand auf sie zukam und sich deswegen umgedreht, jetzt lächelte sie mir aufmunternd, aber auch ein wenig spöttisch zu. „Hallo“, sagte sie. „Guten Tag“, antwortete ich und deutete eine leichte Verbeugung an, was mir angesichts ihrer Erscheinung und meines merkwürdigen Auftretens angemessen vorkam. „Ich habe Sie mit jemandem verwechselt“, fügte ich erklärend hinzu. Sie streckte mir die Hand entgegen, die mit einem Handschuh, der die Finger nur bis zu den mittleren Knöcheln bedeckte, angezogen war. Ihre kalten Fingerspitzen berührten mich mit sanftem Druck. „Ich bin Stefanie, die Klavierlehrerin.“ „Auf wen warten Sie?“, fragte ich. „Mein Mann ist Lehrer hier am Gymnasium und war mit seiner Klasse auf Skifreizeit“, sagte sie. „Meine Tochter war auch dabei“, entgegnete ich und zögerte wie ein Kind, das nicht weiß, was es mit einem Erwachsenen sprechen soll. „Es ist kalt heute“, half sie mir weiter. „Ja“, antwortete ich, „ein winterliches Ostern.“ Sie sah mich aufmerksam an. „Nun, meine Frau wartet dort auf mich“, sagte ich und deutete hinter mich in Richtung des Schulhofs. „Einen schönen Abend noch, Stefanie.“ Sie sah mich lächelnd an. „Ich spiele jeden dritten Sonntag im Monat in der Jazzbar am Altstadthof. Kommen Sie doch mit Ihrer Frau einmal vorbei", sagte sie und reichte mir zum zweiten Mal ihre kühle Hand. „Wen hast du getroffen?", fragte Susanne. „Eine Klavierlehrerin", antwortete ich, „es war eine Verwechslung." „Stefanie?", fragte Susanne. „Du kennst sie?" „Ja, sicher", sagte sie, „sie unterrichtet viele der Kinder, auch in Maras Klasse." „Sie hat uns zu einem Konzert eingeladen", sagte ich. „Schön", sagte Susanne und hakte sich bei mir ein. In diesem Moment trafen die Kinder ein. „Schau sie dir an", sagte Susanne leise, als Mara aus dem vordersten Bus die Stufen hinunterstieg, „sie sieht meiner Mutter immer ähnlicher."

Sie drängte darauf, dass wir bei nächster Gelegenheit in die Jazzbar gehen sollten, nach dem Verkauf des Hauses schien sie erleichtert, fast gelöst, als wolle sie ihre lange gepflegte Zurückgezogenheit endlich aufgeben. Die Bar war ein schummeriger Laden mit einem Interieur aus den Siebzigerjahren. Wir fanden einen Tisch mit Blick auf den Flügel, bestellten und sahen zu, wie der Raum sich langsam füllte. Als Stefanie auftrat, fiel mir erneut ihre Ähnlichkeit mit Johanna Wächter auf, auch wenn sie vielleicht dreißig Jahre älter war. Wieder bedeckten Handschuhe ihre Hände, die nur die Fingerspitzen freiließen. Sie verbeugte sich leicht ins Publikum, nahm Platz und begann nach einem kurzen Augenblick der Stille ihr Spiel. In der Pause kam sie zu uns und fragte, ob sie sich setzen dürfe. „Natürlich", sagte Susanne. Sie stellte ihr Wasserglas auf dem Tischchen ab, das sich unter dem Gewicht ihres Armes leicht kippend zur Seite neigte. „Sie spielen wunderbar", sagte Susanne freudig und ergänzte, „wissen Sie, Thomas war früher auch ziemlich gut am Klavier." Ich wehrte ab. „Doch, doch", beteuerte Susanne, „als wir uns kennenlernten, trat er auch manchmal auf und ich konnte die Augen nicht von ihm lassen." Sie lachte. „Nun", sagte Stefanie, „dann sollten wir einmal gemeinsam spielen." Ich protestierte, dass ich längst alles verlernt hatte. „Ich unterrichte auch Erwachsene", erwiderte sie ungerührt, und Susanne sagte begeistert, dass das eine wirklich gute Idee sei.

Es war Ende Mai, als ich sie schließlich zu einer ersten Klavierstunde besuchte. „Kommen Sie herein, Thomas", begrüßte sie mich und gab mir ihre wie immer mit einem halblangen Handschuh bekleidete Hand. „Legen Sie ab und machen Sie sich schon einmal mit dem Instrument vertraut“, forderte sie mich auf und deutete in ein Zimmer, dessen Mitte ganz von einem Flügel eingenommen wurde, „ich bin gleich bei Ihnen.“ Auch ihren Mann Kurt lernte ich kennen, er war um einiges jünger als sie und winkte, wenn er aus der Schule nach Hause kam, nur kurz ins Zimmer hinein, um nicht zu stören. Mich beruhigte die Vorstellung, dass Mara von solchen Menschen umgeben war, denn ihre Zurückgezogenheit hatte seit unserer Begegnung im Haus meines Schwiegervaters noch zugenommen. Die frühe Sicherheit ihres Charakters, die ich Jahr um Jahr mit Staunen beobachtet hatte und die ich gepaart mit ihrer kindlichen Zutraulichkeit für den Angelpunkt unserer Familie hielt, ließ mich an der jungen Frau, zu der sie sich entwickelte, beinahe furchtsam zurück. Immer noch verband sie mit Susanne ein wortloses Einverständnis, dem die zuweilen trotzigen Auseinandersetzungen über ihre Teenagerwünsche nichts anzuhaben schienen. Nicht selten kam es vor, dass sie mich beim Essen oder über ihre Hausaufgaben hinweg mit einem Blick wohlwollender Nachsichtigkeit ansah. Sie war mir nicht feindlich gesinnt, sie bekämpfte mich nicht, nur konnte ich ihr dahin nicht folgen, wo sie ihren Weg suchte.

Mitte Juli ereignete sich auf Kreta ein Erdbeben, das unser Haus in Mitleidenschaft zog. Unser Freund Dimos meldete sich umgehend und berichtete, dass ein Teil des Daches über der Küche eingestürzt war und offenbar eine Wasserleitung beschädigt hatte, außerdem waren mehrere Fenster zerbrochen. Wir hatten vorgehabt, im August zu kommen, sobald für Mara die Ferien begannen, jetzt beschlossen wir, dass ich vorfahren sollte. Ich würde zunächst bei Dimos und seiner Frau Maria unterkommen, die uns sofort ihre Hilfe zugesagt hatten. Wir kannten sie, solange wir das Haus auf Kreta besaßen, sie hatten im gleichen Jahr nur ein paar hundert Meter weiter ein Stück Land gekauft und darauf gebaut, ihr Sohn Georgi war zwei Jahre älter als Mara. Eigentlich hatten sie in Athen gelebt, aber als zuerst Maria im Zuge der Krise ihren Job als Journalistin bei einer großen Tageszeitung verlor und dann Dimos seine Anstellung im öffentlichen Dienst, beschlossen sie nach zwei Jahren erfolgloser Stellensuche, ganz nach Kreta zu ziehen. Marias älterer Sohn aus einer früheren Beziehung war längst ins Ausland gegangen. Sie bewirtschafteten ihren Garten und einen kleinen Olivenhain, Maria verdiente manchmal mit kleinen Aufträgen für Zeitungen dazu, Dimos mit

Handwerksarbeiten, die er in der Umgebung anbot. Als ich bei ihnen eintraf, hatten sie Georgis Zimmer für mich hergerichtet, der nun im Wohnzimmer ihres winzigen Hauses auf dem Sofa schlief, wogegen ich erfolglos protestierte. Er sei, meinten seine Eltern, ohnehin fast nie zu Hause. Dimos setzte alles daran, einen Installateur für die Instandsetzung der Leitung zu finden, ansonsten legten wir selbst Hand an, aber als Susanne und Mara schließlich in Heraklion landeten, war die Küche noch nicht wieder zu gebrauchen. Wir wollten uns ein Hotel nehmen, doch unsere Freunde bestanden darauf, dass wir die wenigen Tage, die es noch dauern würde, bei ihnen blieben. Daraus wurde eine ganze Woche, in der Susanne und ich Georgis schmales Bett teilten, während Mara zu unseren Füßen auf einer Isomatte schlief. Die Stimmung war fast ausgelassen, und zum ersten Mal seit dem Winter schien mir Susanne wieder ganz bei Kräften zu sein. Mara und Georgi waren keine Kinder mehr und umkreisten einander mit Neugier und Vorsicht, nachdem wir aber wieder in unser Haus gezogen waren, wurden sie unzertrennlich. Als Mara verkündete, sie wolle mit Georgi einen Ausflug auf seiner Vespa machen, verboten wir es zunächst, doch sie hörte nicht auf zu betteln, und schließlich bekam sie Marias Helm geliehen, und wir ließen die beiden mit zahlreichen Mahnungen fahren. Susanne und ich waren an diesem Tag gerade von einem ausgiebigen Strandbesuch zurückgekehrt, als Mara mich gegen 16 Uhr anrief. Sie war aufgelöst und ich brauchte ein paar Minuten, bis ich herausgefunden hatte, wo sie sich genau befand und was passiert war. Es habe einen Unfall gegeben, Georgi sei verletzt. Die beiden hatten einen Freund von ihm getroffen, der sie überredet hatte, zur Hochzeitsfeier seines Cousins mitzukommen, die ein paar Dörfer weiter stattfand. Dort war es zu dem auf Kreta üblichen Freudenschießen gekommen. Jener Freund habe eine Waffe aus dem Besitz seines Großvaters gehabt, und er und Georgi hätten versucht, damit in die Luft zu schießen, bis plötzlich eine Kugel Georgis Schulter getroffen habe. Es sei ein Arzt da, sagte Mara, und die Polizei. Auch unsere Freunde waren bereits informiert, und wir fuhren zusammen zum Unfallort. Dimos saß blass vor Schreck neben mir und lotste, während sich die beiden Frauen auf der Rückbank an den Händen umklammert hielten und kein Wort sprachen. Als wir kurze Zeit später auf der Feier eintrafen, einer Gesellschaft von vielleicht zweihundert

Leuten, hörte man nicht mehr als aufgeregtes Flüstern. Die Musiker hatten die Bühne verlassen und ein Arzt, der als Gast auf dem Fest anwesend war, versorgte Georgi behelfsmäßig, bis ein Krankenwagen aus Heraklion eintreffen würde. Er lag abseits der aufgestellten Tische und Bänke in einer Lache aus Blut, offenbar bewusstlos, Mara stand zitternd in seiner Jacke ein paar Meter daneben. Georgis Freund saß weinend am Boden und wiegte den Oberkörper vor- und zurück, an seiner Seite hatte sich eine Polizistin platziert, der nicht anzusehen war, ob sie ihn eher befragen oder trösten wollte. Dimos und Maria rannten zu Georgi. Susanne tastete Mara ab, als wolle sie sichergehen, dass sie unverletzt war. Ein Polizist kam zu uns und fragte, ob wir Griechisch sprächen, wir bedeuteten, dass wir nur wenig verstanden. Er drehte sich um und rief zur Menge der Gäste herüber, ob jemand hier sei, der Deutsch spreche. Daraufhin begann ein alter Mann, uns laut zu beschimpfen, doch außer „Hau ab, Deutscher!" verstanden wir nichts. Auf Kreta besaßen die meisten Haushalte Schusswaffen, und viele davon stammten aus der Zeit der deutschen Besatzung, so auch, wie ich verstand, die Waffe, mit der Georgi verletzt worden war, eine Tatsache, die der Alte offensichtlich für den Grund des Übels hielt. Der Polizist drängte ihn zurück, Susanne verfrachtete Mara an den Leuten vorbei ins Auto. Ich gab dem Kollegen meine Telefonnummer und unsere Adresse, dann fuhren wir nach Hause, wo Susanne Mara einen Schluck Ouzo zu trinken gab und sich mit ihr ins Bett legte, bis sie eingeschlafen war.

Die Kugel konnte glücklicherweise leicht entfernt werden, und es hieß, Georgi könne in vermutlich zehn Tagen wieder nach Hause. Mara wollte ihn besuchen, und wir fuhren mit ihr ein paar Tage nach dem Unfall in die Stadt. Auf dem Parkplatz des Krankenhauses verkündete sie, wir könnten sie in zwei Stunden wieder abholen. „Wir sollen nicht mit reinkommen?", fragte Susanne. Sie schüttelte den Kopf und stieg aus. Am Kiosk vor dem Eingang kaufte sie zwei Dosen Cola, womit sie in der Klinik verschwand, während wir nach einem kurzen Moment der Sprachlosigkeit in beinahe hysterisches Lachen ausbrachen. Wir stiegen aus und drehten eine Runde zu Fuß, immer nah genug bei unserem Auto, damit wir zur Stelle wären, wenn unsere Tochter uns brauchen sollte. Schon am Tag nach dem Vorfall hatte sie wissen wollen, warum uns der alte Mann angeschrien hatte, aber erst Wochen später, als wir längst wieder zu Hause waren, fragte sie mich, ob ihr Großvater auch eine solche Waffe gehabt hatte wie die, mit der Georgi verletzt worden war. „Vielleicht nicht der gleiche Typ“, sagte ich, „aber er war im Krieg als Soldat in Frankreich, und da hatte er auch ein Gewehr.“ „Hat er jemanden erschossen?“, fragte sie mich. „Das weiß ich nicht“, antwortete ich, „er hat über diese Dinge nicht geredet.“ Dass sie mich darauf angesprochen hatte, als Susanne nicht zu Hause war, ließ mich vermuten, dass sie über den Zusammenhang zwischen jener Waffe und der ihrer Großmutter nachdachte, aber sie sagte nichts weiter dazu, und auch ich ließ das Thema ruhen.

Im Herbst nahm ich die Klavierstunden wieder auf. Noch immer überraschte mich zuweilen Stefanies Ähnlichkeit mit Johanna Wächter und ich ahnte, dass dieser Fall zu den wenigen gehörte, die mich nicht mehr loslassen würden, obwohl sie bereits über ein Jahr tot war. Zwar schienen charakterlich wenige Gemeinsamkeiten zwischen den beiden Frauen zu bestehen, doch konnte Stefanie von einem Moment zum anderen eine Haltung einnehmen, die exakt der von Wächter glich, als diese in der Untersuchungshaftanstalt vor mir gesessen hatte. Dass auch Stefanie eine Verbindung zu der Sache hatte, entdeckte ich erst, als sie mich einmal in ihr Wohnzimmer bat, wo mir an einer mit Bildern übersäten Wand eine schwarz gerahmte Zeichnung des Revolvers ins Auge stach. Die Absicht einer bloßen Skizze war leicht daran zu erkennen, dass man dem Papier den unsanften Umgang ansah, den es erfahren hatte, als habe jemand die Seite ohne viel Aufhebens in die Tasche gesteckt. „Dieses Bild erinnert mich daran, wie schnell man in Dinge verwickelt werden kann", sagte Stefanie, als sie bemerkte, dass ich es anschaute. „Wer hat das gezeichnet?", fragte ich. „Ein Freund", sagte sie, „ein Mann, den ich geliebt habe." Ich fragte nicht weiter nach. „Interessieren Sie sich für diese Revolvergeschichte?", wollte sie von mir wissen. „Ich hatte beruflich damit zu tun", sagte ich, „Sie wissen schon, dieser Vorfall letztes Jahr während der Wallfahrt." „Die Wallfahrt", wiederholte sie mit einem kleinen Seufzer. „Als ich Anfang der Siebzigerjahre mein erstes Engagement hier bekam, fand ich das provinziell und geschmacklos." „Und dann haben Sie Ihre Meinung geändert?", fragte ich. „Es war viel passiert, bis ich zum ersten Mal ein Ausstellungsjahr mitbekam. Ich lebte schon einige Jahre in der Stadt." Sie lächelte. „Wie alt waren Sie da, Thomas,

1978?“ „Zwölf“, sagte ich. „Zwölf“, sprach sie mir nach, als rechne sie, wie lange das her war. Zwei Wochen später traf ich sie am Grab von Peter Zochen. Auch sie war sichtlich überrascht über den Ort unseres Zusammentreffens. „Begleiten Sie mich zu einem Kaffee?“, fragte sie. Ich nahm sie im Dienstwagen mit, ihr Fahrrad luden wir in den Kofferraum. „Haben Sie das Grab beruflich besucht?“, wollte sie wissen. „Nein“, sagte ich, „die Ermittlungen sind abgeschlossen.“ Sie nickte, als bestätige dies etwas, das sie bereits geahnt hatte. „Ich gehe regelmäßig dorthin“, sagte sie und begann zu erzählen. „Damals, Anfang der Siebziger, verliebte ich mich in einen jungen Tenor. Er war sehr gut, ein Ausnahmetalent. Ich begleitete ihn bei mehreren Konzerten am Klavier. Wir begannen eine Beziehung. Er nahm mich zu einer Gruppe von jungen Leuten mit, der er angehörte. Sie sprachen über ein radikales Christentum, das es zu verwirklichen gelte. Ich war nicht besonders gläubig, aber durch die Musik hatte ich immer mit der Kirche zu tun. Diese Leute waren faszinierend, gebildet, wortgewandt, mein Freund war wichtig in ihrem Kreis, und auch wenn ich vieles nicht verstand, wovon sie redeten, wollte ich dazugehören. Plötzlich ging alles sehr schnell. Eine junge

Frau aus der Gruppe starb, sie hatte bereits ein Kind. Mein Tenor sagte, sie habe es verstanden, eine Kämpferin Christi zu sein. Kurz darauf nahm er sich das Leben und mit ihm zwei andere aus der Gruppe. Die, die übrigblieben, trafen sich nicht mehr, aus Angst, für den Tod ihrer Freunde verantwortlich gemacht zu werden. Niemand wusste wirklich, was geschehen war. Peter Zochens Grab wurde der geheime Ort, an dem wir trauern konnten. Der Witwer dieser jungen Frau hat damals viel Geld gespendet, damit es erhalten würde." Erst jetzt sah Stefanie mich wieder an. „Sie sind ja ganz blass, Thomas!", sagte sie. „Wie war der Name dieser Frau?", fragte ich. „Sie hieß Margot", antwortete sie.

„Jetzt schulde ich Ihnen eine Geschichte", sagte ich.

*

Ich rief den Dompfarrer an und bat ihn, mir Zugang zum diözesanen Archiv zu verschaffen, ich benötige alle Unterlagen, die zum Revolver Christi vorhanden seien. Um sie einsehen zu dürfen, wünschte mich der Bischof persönlich zu sehen, ich erschien zur bestellten Zeit im diözesanen Palais, wo man mir den Mantel abnahm und mich hieß, Platz zu nehmen. Nach einigen Minuten trat er durch die Tür, er war kleiner als ich ihn in Erinnerung hatte. Die Begrüßung verlief freundlich, aber kurz. Er bat mich ohne Umschweife in sein Amtszimmer, wo ich schon einmal gemeinsam mit dem Dompfarrer, dem Kulturbeauftragten und dem Museumsdirektor von ihm empfangen worden war, zwei Tage nach dem Vorfall in der Kathedrale. Er war an jenem Samstag im Juli des letzten Jahres weniger förmlich aufgetreten, das Auftauchen der zweiten Waffe hatte ihn merklich erregt, jetzt aber erkundigte er sich beständig lächelnd nach meinem Wohlbefinden und dem Grund meines Erscheinens. Ich brachte mein Anliegen vor. Das Archiv, sagte er, bewahre sämtliche Dokumente zur Geschichte des Bistums seit seinen frühesten Anfängen auf, es stehe im Dienst der Kirche, und als Bischof sei es daher seine Aufgabe, für die rechte Benützung Sorge zu tragen, insbesondere von solchen Unterlagen, die zum richtigen Verständnis besondere Umsicht erforderten. Da er sich aber von meinem in gewisser Weise geistlich zu nennenden Vorhaben überzeugt habe, stehe einer Einsichtnahme der Wallfahrtsakten nichts entgegen. Vertraulichkeit, so sei er gewiss, sei die Tugend, die unserer beiden Berufe gleichermaßen gut zu Gesichte stünde.

Ich begriff, dass ich über ein Jahr lang alles untersucht hatte, ohne das Geringste herauszufinden. Alle Verbindungen, die sich gezeigt, alle Details, die mir bekannt geworden waren, sagten nichts aus über den Revolver und noch weniger über den Christus an der Waffe. Ich hatte Listen geführt und Profile erstellt, ich hatte mit allem mir bekannten Handwerkszeug der Ermittlung versucht, an den Kern der Sache zu gelangen. Wie man aber einem solchen Phänomen sich zu nähern habe, darüber wusste ich nichts. Wäre Zochen nicht gewesen, so hätte ich annehmen können, es handele sich um etwas, das spezifisch Frauen betraf, denn alle sonstigen Betroffenen waren weiblich: die Braut, Margot, Johanna Wächter. Zudem waren sie alle jung gewesen, das wiederum teilten sie mit Peter Zochen. Dieser Punkt beschäftigte mich besonders, denn er führte mich erneut zur Frage, warum Wächter meine Tochter beschattet hatte, wohingegen ich glaubte, mir um Susanne keine Sorgen mehr machen zu müssen. Ich hatte sie in alles eingeweiht. Sie hatte die Geschichte sehr ruhig aufgenommen, stand in herzlicher Verbindung zu Stefanie und schien nicht im Mindesten aus der Bahn geworfen durch das Bild, das sie sich nun von ihren Eltern machen konnte. Sie wünschte nicht einmal, die Briefe und Fotos zu sehen und meinte, sie seien bei dem Dompfarrer gut aufgehoben. Mara hingegen wich mir eine Weile kaum von der Seite und auf meinen Scherz hin, so viel sei sie ja schon lange nicht mehr zu Hause gewesen, erntete ich einen so vorwurfsvollen Blick, dass ich sie um Entschuldigung bat. Dass wir beide geschwiegen hatten, verband uns in einer Weise, die ihrem Alter nicht gerecht wurde. Sie erfasste intuitiv, dass ich aus Schwäche gehandelt hatte, und ich ahnte, dass ich ihr Vertrauen erst wiedergewinnen musste.

Weihnachten wollten wir auf Kreta verbringen und Susanne schlug vor, ich solle, wie bereits im Sommer, früher reisen, es werde mir sicher gut tun und ich könne zu allem, was vorgefallen sei, Abstand gewinnen. Ich zögerte, weil ich sie und Mara ungern allein ließ, stimmte schließlich jedoch zu, denn noch immer hielten die Erschöpfungssymptome an, die ich seit Bekanntwerden von Margots Geschichte nicht mehr hatte verleugnen können. Oft sah ich mich nicht imstande, von meinem Platz aufzustehen, wenn beispielsweise das Telefon läutete, an anderen Tagen wanderte ich ohne eine sinnvolle Tätigkeit rastlos durchs Haus. Ich flog schließlich am Nikolausmorgen nach Athen, von wo ich am Abend mit der Fähre übersetzen wollte. Im Winter gab es nach Kreta wenige direkte Flüge, aber das machte mir nichts aus, ich legte den Weg gern in Etappen zurück. Früher hatten wir diese Form der Anreise häufig gewählt, um noch etwas von der Stadt mitzunehmen. Wir schoben die schlafende Mara stundenlang durch die Straßen oder trugen sie abwechselnd, wenn wir uns mit einem der zahlreichen Busse ohne Plan von Viertel zu Viertel fahren ließen. Das Athener Busnetz ist für den Fremden ein Rätsel, statt genau zu wissen, wann man ankommen wird, erfährt man lediglich am Startpunkt der Strecke, in welchem Intervall der Bus verkehrt. Auf Mara wirkte dieses Ritual lange Zeit beruhigend, sie langweilte sich nicht, sobald sie auf meinem oder Susannes Schoß in einem der schaukelnden Busse saß und durch die Fenster dem Chaos aus Autos und Motorrädern zuschaute. Erst später verlor sie die Lust an diesen Touren, und wir begannen, gezielt Orte anzusteuern, die sie interessieren könnten, bis wir auch das irgendwann sein ließen und auf direktem Weg nach

Kreta reisten. Ich hatte mich gefreut, der alten Gewohnheit nachzugehen, doch am Nachmittag schlug das Wetter um und der Schiffsverkehr wurde vorübergehend eingestellt. Auch das war nicht ungewöhnlich, ebenso schnell wie die Stürme kamen, konnten sie wieder vergehen, und ich nahm mir ein Hotelzimmer, das nicht weit vom Hafen entfernt lag. Starker Wind hielt in der Nacht unvermindert an und ließ die quer über die Straße befestigten Lampen knarzend auf und ab wippen. Das Frühstück nahm ich nicht im Hotel ein, sondern suchte mir ein Café, wo der Kellner im Regen mit dem Auflesen der umgefallenen Stühle und Tische beschäftigt war, während drinnen ein paar Leute Zeitung lasen, den einen Kaffee vor sich, an dem sie stundenlang trinken würden. Später nahm ich ein Taxi zu meinem Lieblingsmuseum. Die Ausstellung war wenig besucht, und ich stand die meiste Zeit allein vor den Vitrinen und betrachtete die Exponate, ohne dass etwas davon zu mir durchgedrungen wäre. Ich kaufte Ansichtskarten mit dem Panorama von Piräus und schrieb, was ich schon lange nicht mehr gemacht hatte, Urlaubsgrüße, dann stellte ich mich in einer vor Feuchtigkeit dampfenden Postfiliale in die Reihe der alten Leute, die kamen, um sich ihre Pension auszahlen zu lassen. Ihr aufgebrachtes Gerede hüllte mich ein, sodass ich, als ich in der Schlange nach vorn gerückt war, mein Anliegen beinahe vergessen hatte und der Beamte mich ungeduldig ansah, bis ich ihm wortlos die Karten auf den Tisch legte, die er routiniert mit den passenden Marken versah. Ich hätte an diesem Abend gerne Musik gehört und fragte an der Rezeption des Hotels nach einem Lokal, wo jemand auftreten würde, aber ich flüchtete aus der zu lauten Bar, sobald ich gegessen hatte. Auch die kommende Nacht verbrachte ich unruhig und verließ das Hotel am Morgen noch vor dem Frühstück. Der Regen hatte aufgehört und ich streifte zu Fuß durch die Straßen des Viertels, betrachtete in einer kleinen Kirche die mit Ruß überzogene Ikonostase, deren Bilder schwach im Licht der Kerzen leuchteten, die Frauen jeden Alters in den Anliegen ihrer Familien entzündeten. Ich kaufte Weihnachtsgeschenke für Mara und Susanne und besorgte mir ein Notizbuch, in das ich mir vornahm, alles aufzuschreiben, was sich seit dem Vorfall mit Johanna Wächter zugetragen hatte. Sie schien mir hier, an einem Ort, den sie vielleicht niemals gesehen hatte, eine Bekanntschaft, die ich jederzeit hätte anrufen oder aufsuchen können, und dass unsere Wege sich nur für so kurze Zeit gekreuzt hatten, minderte nicht die Deutlichkeit, mit der sie mir vor Augen stand. Nach Mittag nahmen die Fähren ihren Betrieb wieder auf, und ich buchte ein Ticket für das erste Schiff nach Heraklion.

Die Überfahrt dauerte die ganze Nacht, aber ich verzichtete auf eine Kabine, weil ich aus Erfahrung wusste, an Bord nicht schlafen zu können. Ich blieb so lange wie möglich an Deck und beobachtete das Meer, bis mir kalt wurde und ich im Bistro des Schiffes etwas zu Abend aß. Erst als ich müde wurde, ging ich erneut nach draußen und setzte mich auf den Rand eines der Liegestühle, die dort reihenweise mit Drahtseilen verkettet standen. Ich schob mir meine Tasche als Kissen unter den Kopf, sodass ich halbwegs bequem vor mich hin dösen konnte. Früher hatte ich an Bord dieser Dampfer über Susannes Schlaf gewacht, die anders als ich vom Wellengang sofort einschlief. Jedes Mal hatte sie mir eingeschärft, sie zu wecken, sobald der Himmel im Sommer die aufgehende Sonne mit minütlich heller werdendem Blau über dem Wasser verriet, und sie beobachtete dieses Schauspiel mit beinahe kindlicher Freude. Selbst als sie hochschwanger war, wollte sie auf die Fahrt mit der Fähre nicht verzichten, und als sich später herausstellte, dass Mara wie ich auf dem Meer keine Ruhe fand, scherzte sie, eines Tages würde sie ohne uns in See stechen. Die Fähre legte gegen fünf Uhr an. Es war noch dunkel, doch war der Hafen belebt von Fischern und anderen Arbeitern, und ich suchte nach einem Kiosk, wo ich einen Kaffee bekommen konnte. Dann rief ich Susanne an. Nachdem die Autovermietung geöffnet und ich einen Wagen bekommen hatte, kündigte ich mein Kommen bei Maria und Dimos an und drehte während der Fahrt das Radio laut auf, denn ich fühlte mich schläfrig. Nur selten kamen mir Autos entgegen, denen ich durch langsames Fahren zu verstehen gab, dass ich ihnen auf der schmalen Straße die Vorfahrt überließ. Etwa eine halbe Stunde vor meinem Ziel tauchte am Straßenrand ein alter Mann auf, der mir durch lebhaftes Winken zu verstehen gab, dass er mitfahren wollte. Ich hielt an und öffnete ihm über den Beifahrersitz gebeugt die Tür, er trug einen mit Flaschen und Lebensmitteln gefüllten Korb. Er steckte den Kopf in den Wagen und nannte den Namen eines Dorfes, ich wartete, bis er ins Auto gestiegen und die Einkäufe zwischen seinen Füßen platziert hatte. Obwohl ich nicht vorhatte, mich zu unterhalten, drehte ich das Radio ab, was er als Aufforderung zu reden verstand, und ich warf ein ums andere Mal einen Blick zu ihm herüber, worauf er die Finger zu einem Revolver formte und tat, als ob er durch die Frontscheibe des Autos schieße. Erst jetzt erkannte ich, dass es der Alte war, der uns nach dem Unfall auf der Hochzeit beschimpft hatte. Er lachte und klopfte sich mit der Hand auf den Schenkel, scheinbar sah er nun keinen Anlass mehr zum Streit. Die restliche Fahrt über schwiegen wir. Ich ließ die Ausfahrt zu unserem Dorf liegen und fuhr weiter bis zu dem Ort, den er mir genannt hatte. Er deutete geradeaus, damit ich der Dorfstraße folgte, offensichtlich wollte er sich von mir bis vor die Haustür fahren lassen. Ich folgte seinen Anweisungen, bis er mich hieß, in einer schmalen Auffahrt anzuhalten, wo er umständlich mit seinem Korb wieder aus dem Auto stieg und mich nach draußen winkte. Ich zog die Handbremse und stellte den Motor ab. Ich war müde und deutete in die Richtung, aus der wir gekommen waren, aber ich stieg dennoch aus dem Wagen. Er verschwand im Haus, um kurze Zeit darauf mit einer Flasche Schnaps und zwei Gläsern wieder herauszukommen, ich schüttelte den Kopf, zeigte auf das Auto, aber er insistierte und drückte mir eines der Gläser in die Hand. Nachdem wir getrunken hatten, war er offenbar bereit, mich fahren zu lassen, doch sagte er erneut: „Komm, komm!", und zeigte dabei auf das Haus, bis ich verstand, dass er mich einlud, wiederzukommen. Er gestikulierte, wir würden essen und trinken, und schließlich nickte ich und reichte ihm die Hand, ehe ich zurück in den Wagen stieg und im Schritttempo rückwärts die Einfahrt herunterfuhr, während der Alte mir nachschaute, bis er aus meinem Blickfeld verschwunden war.

Maria und Dimos hatten ihre Arbeit unterbrochen und erwarteten mich bereits, Georgi war um diese Zeit noch in der Schule. Sie versicherten mir, dass seine Wunde gut verheilt sei und erkundigten sich ihrerseits nach Mara und Susanne. Ich blieb nicht lange, ging die wenigen Meter zu unserem Haus und legte mich sofort ins Bett, ohne irgendetwas auszupacken oder nach dem Rechten zu sehen. Ich wachte erst am Abend wieder auf, und für die kommenden Tage blieb es dabei, dass ich nur aufstand, um zu essen, duschen oder etwas einkaufen zu gehen. Mit Susanne telefonierte ich täglich und hörte die Erleichterung in ihrer Stimme, denn zu Hause hatte ich während der letzten Wochen häufig bis früh am Morgen keinen

Schlaf gefunden. Auch mit Mara sprach ich des Öfteren, ihre jugendliche Abwehr war einer zärtlichen Annäherung gewichen, die mir wohltat. „Warst du schon im Meer?“, fragte sie mich. „Nein“, antwortete ich. „Wahrscheinlich ist es zu kalt“, sagte sie. „Ich werde es ausprobieren, bevor ihr kommt“, antwortete ich, „vielleicht können wir an Weihnachten schwimmen gehen.“ „Kann ich Georgi sehen?“, fragte sie. „Sicher“, sagte ich, „es geht ihm gut.“ Er war seit dem Sommer nicht nur gewachsen, sondern hatte auch seine kindlichen Züge abgelegt. Er zeigte mir die Narbe an seiner Schulter, und als er dafür seinen knochigen Körper entblößte, erinnerte er mich an mich selbst in diesen Jahren und an die Scham, die jenem Alter eigen ist. Ich dachte auch an Peter Zochen, der wie Georgi eine Kugel abbekommen hatte, vielleicht von eigener Hand.

Die Tage vergingen in einer schnell gewonnenen Routine, die einzurichten mir keine Mühe bereitete. Ich half Maria bei der Olivenernte und wagte an den Nachmittagen kurze Bahnen im Meer, um anschließend das Salz so lange von meinem Körper zu waschen, bis die Dusche kein heißes Wasser mehr hergab. Das Taubheitsgefühl in Händen und Füßen, das mich seit Wochen begleitet hatte, verschwand, und wenn ich unruhig wurde, machte ich nach dem Abendessen einen langen Spaziergang. Nur den Alten zu besuchen, bereitete mir Unbehagen, und ich zögerte eine Begegnung hinaus, bis der Tag vor Maras und Susannes Ankunft gekommen war. Ich setzte mich nach dem Frühstück ins Auto, fuhr verschiedene Geschäfte in der Umgebung ab, kaufte Fleisch, Wein, Gemüse und Süßigkeiten und brachte alles zu seinem Haus, das ich ohne Schwierigkeiten wiederfand. Es war Mittag und niemand öffnete. Ich ließ die Sachen vor seiner Türe stehen und legte einen Zettel dazu, auf den ich schrieb „20.00, Thomas". Anschließend fuhr ich wieder nach Hause, legte mich ins Bett und schlief bis zum späten Nachmittag. Dann räumte ich das Haus auf, duschte, zog das einzige Hemd an, das ich eingepackt hatte und fuhr zum zweiten Mal an diesem Tag ins Dorf des Alten. Er öffnete mir die Tür, noch ehe ich aus dem Auto gestiegen war. Zur Begrüßung gaben wir uns die Hand. Er führte mich zuerst in die Küche, schenkte mir Wein ein und zeigte mir, dass das Fleisch, das ich gebracht hatte, bereits im Ofen briet. Die nächste Stunde verbrachten wir in der Küche, ich schälte Kartoffeln, schnitt Gemüse nach seinen Anweisungen, während er die Dinge verarbeitete, nicht ohne immer wieder mein Glas nachzufüllen. Zum Essen brachte er mich in ein anderes Zimmer, wo er bereits eingedeckt hatte mit einer Tischdecke und feinem Service, von dem ich sicher war, dass er es sonst nicht verwendete. Dass er allein lebte, schien mir außer Frage, doch Bilder von ihm, einer Frau und einem Mädchen, verrieten mir, dass er einmal eine Familie gehabt hatte. Wir versuchten, ein Gespräch zustande zu bringen, das aus griechischen, deutschen und englischen Brocken bestand. Ich erfuhr, dass er in diesem Haus geboren war, 1941, in dem Jahr, in dem die Wehrmacht die Insel eingenommen hatte, sein Vater, so machte er mir verständlich, war von den Deutschen getötet worden, als er noch ein Baby war. Auch ich erzählte von mir, so gut ich konnte. Dass ich für die Polizei arbeitete, schien ihn zu amüsieren, er formte erneut seine Finger zu einem Revolver und tat, als ob er schieße, doch auf mein gequältes Lächeln hin, griff er beschwichtigend nach meiner Hand. Später wuschen wir gemeinsam das Geschirr ab, dann machte er Kaffee und stellte den Schnaps auf den Tisch. Ich erklärte, dass ich nichts mehr trinken könne, weil ich in wenigen Stunden nach Heraklion fahren würde, um meine Frau und meine Tochter abzuholen, und diesmal akzeptierte er. Ich fragte nach seiner Familie, und er gab mir zu verstehen, dass beide tot seien. Seine Frau sei vor wenigen Jahren gestorben, er deutete mir die Zahl, seine Tochter aber, das sei schon lange her. Er stand plötzlich auf und verließ die Küche, um nach ein paar Minuten mit einer Aktenmappe zurückzukommen, die gefüllt war mit amtlich aussehenden Briefen. Er blätterte durch die Papiere und zog ein Foto heraus, das er vor mir auf den Tisch legte. Unschwer zu erkennen handelte es sich um eine Ermittlungsaufnahme, die Leiche eines jungen Mädchens zur Untersuchung aufgebahrt. Es musste seine Tochter sein, ich schätzte sie auf sechzehn, höchstens achtzehn Jahre alt. Auf ihrer Brust, über dem Sonnengeflecht, hatte jemand mit einem Stift einen kreisrunden, roten Fleck umrandet.

Wir blieben noch lange sitzen. Ich hätte später nicht sagen können, was wir noch sprachen, oder ob wir überhaupt sprachen, mir schien jedenfalls die Mühe der Verständigung an ein Ziel gekommen, das wir in beiderseitiger Erschöpfung ertrugen. Als es schon Morgen wurde, verabschiedete ich mich und fuhr Richtung Stadt, um meine Frau und meine Tochter in Empfang zu nehmen.

ISBN 978-3-949262-02-9
2. Auflage

Umschlaggestaltung: Gisela Kirschberg, Berlin, unter
Verwendung einer Grafik von moopsi/shutterstock.com
Satz und Gestaltung: Gisela Kirschberg, Berlin

Druck: GGP Media GmbH, Pößneck
Gesetzt aus der Mignon und der Frutiger